The Turn of the Screw

by Henry James

碧廬冤孽

亨利・詹姆斯◎著　　蘇瑩文◎譯

好讀出版

Prologue

序章

圍坐爐火前，大夥兒屏息凝神地聆聽著故事。除了聖誕節在老宅裡聽詭異故事必然出現之感想，也就是內容太陰森以外，我不記得有人多加評論。直到最後才有人開口，表示他頭一回聽孩子遇見鬼的故事。先簡單一提，這故事發生在一幢與我們當晚聚會相仿的老房子裡，跟母親同睡的小男孩見著了古宅惡靈，嚇得喚醒母親。女人醒來後本想安撫兒子哄他入睡，不料非但沒辦到，連自己也步兒子後塵，目睹恐怖景象。「從未聽過孩子遇鬼」這說法，誘使道格拉斯說了段讓我大感興趣的話，他不是立即接著講，而是當天稍晚才作出回應。

聽完孩子的故事，又有人說了個平淡無奇的故事，我看得出道格拉斯心不在焉，完全沒仔細聽。顯然他也想說故事，我們只等他自己開口。孰知這一來，我們足足等上了兩天。就在當天稍晚我們散去前，道格拉斯提起了自己的故事。

「對於葛理芬剛剛提到的鬼——或誰曉得那是什麼東西——我相當贊同這款安排，讓年幼小男孩當第一目擊者，的確能營造出氛圍。不過我從前也聽過這類讓孩子登場的故事。如果故事裡出現一個孩子就能讓氣氛如此緊繃，那麼若一次出現兩個，你們會怎麼說？」

「我們當然會說，」有人喊道：「緊繃程度絕對加倍！快說來聽聽。」

道格拉斯背對火爐站定，雙手插進口袋，低頭看著喊話的人。他說：「至今，除了我之外，沒別人聽過這個故事。其中情節當真讓人不寒而慄。」這句話果然造成了預期效果，幾個人出聲附和。我們這位朋友極擅長拿捏說話時機，他先靜靜環視在座的人，接著才滿意地說：「我要講的情節，是任何故事都無法比擬的。」

「就只是個恐怖故事嗎？」我記得自己當時這麼問。

他好像說了些「沒那麼簡單」之類的回答，彷彿不知該怎樣界定他的故事。隨後，他用手遮著雙眼，裝出畏縮恐懼的表情，「好可怕的，駭人聽聞！」

「太有意思了！」有個女人尖聲嚷道。

他沒搭理她，只直視著我。但他看到的似乎不是我這個人，而是他剛剛提到的故事。「既詭譎怪異，又讓人膽寒難過。」

「那麼，」我說：「快坐下來說給我們聽吧。」

他轉身面對壁爐踢了踢柴火，凝望好一會兒後，才轉頭面對我們。

「現在還沒辦法說，我得先往城裡一趟。」

大夥兒聽他這麼說，不禁迭聲抱怨。隨後，他若有所思地說：「寫下來的故事收在上鎖的抽屜裡，已經好幾年沒人去動了。要不，讓我寫封信，附上鑰匙寄給我的助手，等他找到後寄過來。」這項提議似是針對我而來，就像他想藉由我的支助屏除自己的猶豫。他打破了這層凝結數載寒冬的厚冰，而長久的沉默定然有其道理。這一延宕令其他人大感不悅，他的顧忌卻反教我著迷。我催他趕緊寫信好趕上隔天早班收信時間，也好讓大家早早聽到他的故事。

接著，我問這是否是他的親身經歷。聽到我這一問，他的反應倒是很快：「謝天謝地，還好不是！」

「那麼是你記錄下這故事的？」我又問。

「我靠的是記憶，把故事藏在這裡，」他拍拍自己的胸口，「從來沒忘。」

「那麼，那份手稿是……」

「是一份字跡娟秀的老舊手稿，墨水都褪了色。」他再次頓了頓之後才說：「是女人的筆跡。她過世二十多年了，這份手稿是她死前寄給我的。」

這下子大家全豎起耳朵聽他說話，當然，總是有人找樂子般地開始揣測推究。他對這些臆測未置可否，沒露出笑容，卻也不顯得惱怒。

「她的確很迷人，比我年長了十歲，是我妹妹的家庭教師。」他靜靜地說：「我沒見過比她更討人喜歡的家庭教師，事實上，她應該做什麼都稱職。這是很久以前的事了，而我要說的故事又發生在更早之前。當年我還是三一學院的學生，大二暑假返家時見到了她。那是美好的一年，我留在家裡好一段時間。每當她下課，我們都會到花園散步聊天，對話中，她的聰慧善良令我留下深刻印象。是啊，你們別笑，我的確傾慕她，即使到了今天，一想到自己曾在她心裡留下好印象，我依然覺得高興。如果她對我沒半分好感，不可能把從未說出口的故事告訴我。雖未經她證實，但我知道她不曾把故事告訴其他人。這點我非常確定，你們聽了故事之後也會明白。」

「是因爲故事內容太驚悚嗎？」

他仍然盯著我看。

「你們聽了就會明白，」他重複說：「肯定會明白。」

我迎視他的目光，「我知道了，因爲她愛上了某個人。」

他笑了，這是那晚我首次聽到他的笑聲。「你眞的很敏銳。沒錯，她的確

『曾經』愛上了某個人。聽她說了故事，不可能覺察不到。我聽出來了，而她也曉得我知道，可我們都沒明講。我還記得那個炎熱的夏日午后，我們坐在草坪一隅，山毛櫸樹蔭爲我們遮去豔陽，那樣的場景原本不可能讓人打起冷顫，但是，啊！」他離開火爐邊位置，沉沉坐回他原來的椅子。

「你星期四早上就能收到包裹嗎？」我問。

「可能要等到第二批郵件。」

「那麼，晚餐過後……」

「大家來這裡和我碰面？」他再次環視眾人，「沒有人要先離開嗎？」他問話的語氣似乎滿懷期盼。

「我們全都要留下來！」

「我要留下來——我也要！」幾個原本打算離開的女士們也開口了。然而葛理芬太太希望聽到多一點細節：「她愛上了誰？」

「聽了故事就知道。」我自作主張回答。

「哦，我眞是等不及了！」

「聽了故事也不會知道，」道格拉斯說：「不會那麼直截了當。」

「那未免太可惜了吧，我只聽得懂最淺顯的故事。」

「你到底要不要講嘛，道格拉斯？」又有一個人催了。

道格拉斯又站了起來，「要，要講，明天講。現在我要上床去了，晚安。」說完話他立刻拿起燭臺離去，突如其來的舉動讓我們很是訝異。坐在棕色大廳裡的大夥兒只聽到他上樓的腳步聲。這時葛理芬太太又說了：「嗯，就算我不知道她愛上了誰，至少我曉得道格拉斯愛過什麼人。」

「可是她年長他十歲。」她丈夫說。

「那更是了，那年紀的男人就是那樣！這麼多年來他一直沒提，眞不簡單。」

「四十年欸！」葛理芬先生又補了一句。

「終於要說出口了。」

「他說出這故事，」我接著說：「星期四晚上肯定精采可期。」在座者紛紛附和，一時間，大家把其他所有事都拋到了腦後。這晚間最後一個故事遜色得很，充其量只能說像齣連續劇的開場。最後大家握手互道晚安，如同某個人說的，「各自點起蠟燭」回房睡覺去了。

我知道道格拉斯在隔天早上把鑰匙和信放在一起，趕上早班郵件寄回他位在倫敦的公寓。大家都聽說了這回事——興許正因如此，晚餐後幾乎沒人去吵他，直到屋內情緒凝聚至最恰到好處時，大夥兒的願望才終於落實。從那一刻起，他暢所欲言，絲毫沒辜負眾人期待。幾天前他讓我們聽得一頭霧水，如今，他再次站到了大廳火爐前面。接下來他口述的故事需有些基本瞭解才行。讓我先說清楚，許久之後，我把這個故事以自己的方式寫了下來，各位讀到的是我的版本。可憐的道格拉斯啊，在他知道自己來日不多之後，把手稿——也就是當年那份星期四收到的手稿，託付給我。鑰匙寄出三天後的第四夜，同一個地點，我們在道格拉斯身邊圍起小圈圈，專心聽他朗讀稿子上的故事。幸好那幾名原來表示要延期離開的女人沒留下來，不過道格拉斯稍早的說法太吸引人，她們如期離開時仍心存好奇。如此一來，最後留下的聽眾少歸少卻也單純，爐邊這群聽眾同浸淫在弔詭氛圍中。

開始讀手稿之前，道格拉斯先簡短交代了部分細節。他這位女性友人出身於鄉下窮牧師家庭，是家中好幾個女兒的老么。女郎二十歲那年回應了一則教職徵人啓事，與刊登者取得聯絡，忐忑地赴倫敦應徵她的第一份工作。她來到當時倫敦精華地段哈里街上一幢氣勢懾人的豪宅面試，甫才發現她未來雇主是位正值英年的單身漢，對一名來自罕普夏小郡牧師家的膽怯女孩而言，這等風度翩翩的人物除了在夢中，只可能從小說中走出來。他是個典型主角——幸好這種人不會消失——不但俊挺爽朗，而且和藹可親。無可避免地，彬彬有禮的男主人在女郎心中留下了美好印象，尤讓她傾心的是對方的鼓舞。他表示，女郎若能接受工作是他的榮幸，他願意回報這份恩情。這正是女郎日後之所以能展現勇氣的原因。她看得出他裝扮入流、外貌俊俏，休閒方面出手闊綽，也能展現迷人態度應付女性，認定他是個奢華無節制的富家子弟。這幢市區大宅裡擺滿了旅遊紀念物和狩獵戰利品，不過女郎工作地點將是男主人位在艾塞克斯的老家，他希望她即刻動身。

兩年前他擔任軍職的弟弟在印度過世，留下一對父母雙亡的兒女，他因而成為這對孤兒的監護人。由於他單身又缺乏經驗和耐心，這對孤兒遂成了他手上沉重之責。照顧孩子對他來說是件難事，而他自己在這期間顯然也犯了不少錯，唯基於對孩子的疼愛，他確實盡了全力，特地把這對小兄妹送往鄉間祖產宅邸，找最可靠的人照料孩子起居作息，連貼身僕從也一併派去。至於他自己，只要得空必定不時去探視。唯問題出在他們沒有別的親戚，他自己更幾乎忙不過來。他將姪兒姪女安置在碧廬，那地方環境優又安全，況且葛羅斯太太精明幹練，到訪的人沒有不讚賞她的。葛羅斯太太從前是他母親的女僕，如今是碧廬的管家，虧得她自己沒有子女，所以特別疼愛小女孩，小女孩生活大小事亦暫由她來打理。碧廬的幫手多，但當然了，眞正負責掌管一切的人會是即將上任的家庭教師。小男孩在學校放假期間也得由女郎照顧——是啊，小小年紀就送去住校，可他還能怎麼辦呢？——假期馬上要開始，男孩這一兩天內就會回到碧盧。

之前，男主人也曾經爲小兄妹聘請過家庭教師，這位老師十分盡責，表現良好又正直有禮。在她過世之後，出於無奈，男主人只好將小男孩邁爾斯送進寄宿學校，而由葛羅斯太太負責芙蘿拉的各方面教育。除了管家，碧盧還有一名廚子、一名負責打掃的女僕、一名負責擠牛奶的女僕、一名老馬夫、一名老園丁和一匹老馬。同樣的，他們都是正直的好人。

道格拉斯才說到這裡就有人發問了。

「前一位家庭教師是怎麼過世的？就是因爲太正直嗎？」

道格拉斯馬上回應：「這你以後會知道，我暫且保留。」

「那可眞抱歉，我以爲你現在正在講。」

「假如我是她，」我表達看法，「我會想知道這份工作是否會帶來……」

「生命危險？」道格拉斯替我把話說完。「遠景看似堪慮，她是想知道，也找到答案了。我們明天才會知道她找出什麼答案。她年輕、沒經驗又緊張，當下自然感到彷徨，這份工作代表著重責大任，不但缺乏奧援還會很孤單。她猶豫起來，花了幾天時間詢問意見，一邊考慮。最後，超乎預期的優渥待遇終於讓她在二次會面時，應允接下這個責任。」道格拉斯說到這裡又停了下來。

我知道大家都想聽下去，於是插嘴道：「所以說，這個故事的教訓是不可屈服於年輕男人風流倜儻的魅力。」

他和前幾天晚上一樣，站起來走到爐邊踢了踢柴火，背對著我們站了一下。

「她只見過他兩次。」

「那麼她的熱切就更形可貴了。」

沒想到，道格拉斯聽見這句話竟然轉過頭來看我。

「的確是可貴。應徵這份工作的不僅她一個人，」他接著說：「但都沒接受。男主人並無隱瞞他碰到的困擾，不少應徵者對某些細節聞之卻步，光是聽就害怕。這工作聽起來就怪，既單調又無趣，可最詭異的卻是最關鍵的條件。」

「什麼條件？」

「他要求我朋友無論如何不能打擾他，絕對不行，無論是求助、抱怨或寫信通知都一樣。若碰到問題，她只能自己面對。所有費用俱由男主人的律師經手，一切問題都由她全權處理，不可以讓他費心。我的朋友答應了這些條件。據她告訴我，當她同意之後，他彷彿鬆了一口氣，高興地握起她的手，感謝她的投入和奉獻。在那一刻，她覺得自己已經得到了回報。」

「哦，那是僅有的報酬嗎？」有個女人問了。

「此後，她再也沒見到那個男人。」

「啊！」那個女人訝道。道格拉斯又一次把大家丟在大廳，而那聲「啊！」也成了當晚唯一與故事相關的讚嘆。直到隔天晚上，道格拉斯才坐在火爐旁最舒服的椅子上，翻開手中筆記本。這是一本舊式筆記本，紅色封面褪了色，四角都鑲了金邊。這故事讓他一連說了好幾個晚上，但一開始，前一天晚上發出讚嘆的女人又提出另一個問題：「故事的標題是什麼？」

「沒有標題。」

「可是我有！」我說。

道格拉斯沒理會我，自顧自地開始朗讀，他的聲音入耳清越，有如手稿上優美字跡的轉化。

Chapter 1

第一章

我記得最初的忐忑，我的心情像蹺蹺板忽上忽下。進城面試的高潮過後，我一連沮喪了好幾天，只因爲我又開始起疑，心想自己絕對做下錯誤的決定。心情還沒來得及轉換，我便風塵僕僕，搭乘長途驛馬車一路顚簸地來到約好的地點，待碧廬派車過來接我。我事先得知這項安排，美麗六月天的午後，我看到一輛寬敞的輕便小馬車等著接我。這段傍晚時分的旅途宜人，甜美的夏日彷彿對我獻上友善的歡迎，引人精神一振，待我們轉彎來到莊園大道時，我又重新找回了信心，這才發現之前的自己竟然如此消沉。我本以爲自己要面對一片愁雲慘霧，因而心懷畏懼，沒想到迎接我的是美好的驚喜。我記得碧廬門面寬敞明亮、窗簾潔淨，兩名女僕站在拉開的窗口往外探看；我也記得茵綠的草坪和嬌麗的花朵，馬車車輪壓過碎石路嘎吱作響，白嘴鴉在濃密樹蔭上方盤旋，烏鴉在豔陽下飛舞。

這裡壯觀的景致，卓然迥異於我簡陋的老家。

我們一到，女管家旋即牽著小女孩來到門口。

女人恭恭敬敬向我行禮，儼然將我視爲女主人或來訪的貴賓。對於碧廬，我在哈里街聽來的資訊不多，當時此舉讓我覺得這戶人家的男主人比我想像中更有風度，因爲這表示我日後生活會比他所承諾的更舒適。

這一晚我認識了小女孩，愉悅心情一直延續到第二天。葛羅斯太太將我的新學生帶到我面前，甜美的小女孩立刻贏得我的歡心，視爲一大幸運。我從來沒見過這麼漂亮的孩子，甚至還兀自納悶，不懂雇主爲何沒多談些女孩的事。我興奮過頭，夜裡沒怎麼睡。記得除了興奮之外，雇主慷慨的對待也讓我同樣驚訝。我偌大的臥室是屋裡數一數二的好房間，四柱大床上罩著精緻簾幔，而且我這輩子首次擁有能看見自己全身的穿衣鏡。雖然這是份尋常工作，但處處有出人意表的驚喜，小女孩的可愛也算在內。另外讓我沒料到的是葛羅斯太太不難相處，來時路上我恐怕眞的多慮了。初期唯一可能掛心的是管家看到我顯然很開心，但經過半小時相處，我發現這個單純又健壯的女人似乎不想表現得太明顯。即使在當下我也有些懷疑，不懂她爲什麼要刻意壓抑，心裡有這股猜疑念頭，我當然略感不安。

話說回來，和這個天眞爛漫的小女孩相處眞是再愉快不過了，孩子天使般的面容與我不寧的情緒毫無干係，只教我興奮難眠。天還沒全亮，我數度下床，在房裡踱步，思考眼前整個局面和日後可能的景象。我從敞開的窗口眺望外頭夏日朦朧的晨曦，盡可能張望，希望能看清大宅的每一個角落。在幽暗光線下，我側耳聆聽，想聽出早起的鳥兒是否開始啁鳴，不過嘰啾聲似有似無，很可能是我自己幻想出來的。有那麼一會兒，我彷彿聽到了遠處有孩子微弱的哭喊聲；又有那麼一會兒，我認為門外有隱約的腳步聲。當時我覺得這都是小事而沒放在心上，應該講，是因為日後的黑暗事件才引我回想起這些聲音。

照顧小芙蘿拉，教育她、培養她，足以讓我的生活充實又快樂。之前我們在樓下首次見面時便已說好，到了晚上，她的白色小床得放進我房間裡，芙蘿拉將交給我全權負責。只是在這一晚，葛羅斯太太體貼設想到我還陌生，而芙蘿拉也膽怯。雖說天生膽怯，怪的是芙蘿拉在我們面前竟然也能老實承認，甜美的臉龐猶如畫家拉斐爾筆下的聖嬰一般恬靜，毫不扭捏地聽我們討論決定她的事。我深信她當下就喜歡上我。

我和芙蘿拉共進晚餐，桌上點了四根蠟燭，小女孩圍著圍兜坐在高椅上，隔著擺在桌上的麵包、牛奶，開心地看著我。我知道葛羅斯太太看得出我對孩子的讚賞和好心情，這也是我欣賞這個女人的地方。只是芙蘿拉在場，我們心照不宣，彼此交換喜樂眼神。

「小男孩呢？也和妹妹一樣可愛嗎？」

沒有人會刻意奉承孩子。「啊，小姐，如果妳覺得芙蘿拉甜美，他更是惹人疼啊！」葛羅斯太太端著盤子站在一旁，望著小芙蘿拉微笑。小女孩來回看著我們，平和的眼神中完全沒有算計。

「我的確這麼想……」

「那麼，我們的小紳士絕對會迷住妳的！」

「嗯，我想，那大概是我來這裡的目的。恐怕呢，」我記得自己衝動地補充道：「要迷住我應該不是難事，在倫敦已先領教過了！」

我還記得葛羅斯太太聽進這話時圓臉上的表情。「哈里街嗎？」她說。

「就是哈里街呀。」

「嗯，小姐，妳不是頭一個，絕對也不會是最後一人。」

「哦，我沒那麼想，」我幾乎要笑了，「不會把自己當成唯一一人。聽說我另一個學生明天會回家？」

「不是明天，是星期五，小姐。他和妳一樣搭驛馬車回來，有隨車安全警衛照顧他，我們也會派同一輛小馬車去接他。」

我立即表示要帶小女孩一起去驛馬車站接他，這麼做不但合情合理又溫馨，葛羅斯欣然贊同我的提議，她的附和讓我放下一顆心。眞感謝老天，這位女管家一點也不愛拿喬，我們的看法幾乎相合。她顯然樂見我來擔任兩個孩子的家庭教師！

翌日，我仍沉浸於初抵碧廬的快意中，在新環境裡四處探索，欣賞大宅的全貌，這或許讓我稍復鎮定。我完全沒料到這片產業竟如此遼闊，一時間，有些害怕也有些驕傲。擾動的雜亂心情必然會影響到授課，幾經思考，我認爲當務之急應是找出個最好的方式讓孩子多認識我。這一整天，我把芙蘿拉帶到室外，說好讓她——也唯有她才可以，帶我熟悉這片產業。

小女孩喜孜孜地接受我的提議，以最孩子氣的天眞純稚，領著我一步踏過一步，毫無遺漏地參觀宅內每間廳室，道出所有祕密。如此一來，我們在半小時不到的時間裡已然結成了好友。讓我詫異的是她年紀雖小，這趟短短旅程中卻顯得自信十足，勇敢地帶著我穿過空無一人的房間和陰暗的走廊，爬上歪斜的階梯來到有槍眼的方形塔樓上——而我停停走走，因爲爬樓梯起了暈眩。她一路唱著歌，熱心解說的時光遠超過發問，興高采烈地走在前頭帶路。

自從我離開碧廬之後，便再沒踏上那片產業。如今我年紀長了些，也多少見過了世面，我料想，實際上那地方應該不如當年初見的懾人。然而，當滿頭金髮、一襲藍衣的小女孩踩著輕盈舞步沿走廊往前走時，我只覺得自己看到了住著玫瑰精靈的浪漫城堡。我當時還年輕，把眼前的一切全當成神仙故事的場景。難道是我讀童話詩睡著了、作夢了嗎？其實不然，碧廬住來寬敞舒適但稱不上美觀，老建築的一部分經過整修，另一半則完全沒人使用，在我的幻想當中，我們就像幾名寥寥可數的迷惘旅客，同住在一艘漂流的大船上……最不可思議的是，我竟是掌舵的人！

Chapter 2

─第二章─

抵達碧廬兩天後，我帶著芙蘿拉一塊去接葛羅斯太太口中的小紳士。在小男孩即將返家的前一晚出現了插曲，使我又開始心煩意亂。第一天狀況正如我稍早說過的，大抵還算讓人心安，然而轉折隨即出現。第二晚，在遲來的郵包中有封雇主給我的信，只簡短寫了幾個字。另一封則是寫給他的信，猶未拆封。

雇主在給我的信中寫道——

我認得出來，這封信是校長寫來的，而他素來惹人厭。請妳讀讀這封信，理清他的意圖後便去處理，但切記：別告訴我。一個字都別說。我不打算管！

我鼓起勇氣拆開另一封信的封蠟。我可是花了好長一段時間，還把這封沉重的信拿到房裡，在上床之前才終於拆開。我真該放到隔天早上再拆才對，因爲這封信讓我再次輾轉難眠。

由於身邊沒有人能討論，我隔天心情之低落可想而知。最後我終究忍不住，決定找葛羅斯太太商量。

「孩子被退學是什麼意思？」我注意到她說這話的表情。在一愣之後，她似乎想收回這句話，「可是他們不是全都——」

「全都回家了？沒錯，但只是回家放假。邁爾斯是根本不能回學校了。」

在我的注視下，她漲紅了臉。「學校不讓他回去？」

「他們拒收邁爾斯了。」

聽到這句話，她抬起了眼睛，之前她刻意閃躲我的目光。我看到她眼眶含淚地問：「他闖了什麼禍？」

我猶豫了一會兒，隨後決定採取最簡單的作法，直接把信交給她看。而她非但沒將信接過去，還把雙手放在背後。

她難過地搖搖頭道：「這種事我辦不到，小姐。」

原來我找來商量的對象不識字。犯下這個錯，我不免暗自瑟縮，且盡可能不表現出來。我打開信紙把內容讀給她聽，再用顫抖的手摺好信紙收回口袋。

「他眞的那麼壞？」我說。

她的眼光依然掛著淚，「學校是這樣講的嗎？」

「校方沒詳細解釋，只說他們深感遺憾，沒辦法收邁爾斯，不能讓他繼續就讀。這只有一種解釋。」

葛羅斯太太沒說話，臉上表情則看得出她想問我這該作何解釋。爲了和我唯一的幫手釐清眞相，我只好再說：「校方覺得他會帶壞其他孩子。」

聽我這麼說，她就跟多數直腸子的人一樣，頓時火冒三丈：「邁爾斯小少爺！他怎麼可能帶壞別人？」

儘管還沒看到那孩子，但葛羅斯太太信心十足的反應讓我也覺得校方的看法荒謬。不自覺地，爲了維護我的地位，我立即語帶諷刺地說：「帶壞一群天眞的小朋友！」

「太可怕了，」葛羅斯太太大聲說：「這樣講太過分！也不想想看他頂多十歲而已。」

「是啊，沒錯，的確讓人難以想像。」

聽到我的措辭，她顯然很感激。「小姐，妳該先看過他再決定！」

這讓我迫不及待想見到這個小男孩，接下來，延續了半天的好奇讓我幾乎發痛。不難看出葛羅斯太太也曉得自個兒造成了什麼影響，她隨即向我保證：「學校的說法同樣可以套用在小女孩身上啊，天哪，」她又說：「妳自己看看她！」

我轉過頭，看到芙蘿拉竟站在敞開的門邊。十分鐘前，她還在教室裡，依照範本，拿著鉛筆在白紙上練習寫完美的「O」。她以自己的方式躲避枯燥的課業，還用天眞無邪的目光看著我，似想表達她太喜歡我，才不得不緊緊跟著我。這副眼神就足以讓我體會到葛羅斯太太作此比較之用意，加上這個比擬太有力，我壓下帶著歉意的啜泣，敞開雙臂抱住孩子親吻她。

儘管如此，這天我仍盡量找機會與葛羅斯太太說話，到了傍晚，我開始懷疑她是否刻意避開我。我還記得，我看到她下樓便追了過去，終於在樓下伸手拉住她。

「依妳中午的說法，妳從來沒看過他使壞，是吧。」我說。

她抬起頭來。這回，她老實不客氣地表達自己的態度：「哦，我可沒說我從來沒看過！」

我又糊塗了，「這麼說，妳知道他——」

「沒錯，小姐，眞是謝天謝地！」

我想了想，決定採信她的說法。「妳是說這男孩從來不……」

「在我眼裡，他不是小男孩！」

我手抓得更緊了。「還是妳喜歡調皮的孩子？」我搶在她之前說：「我也喜歡！」接著連忙再道：「可是不能到刁鑽詭詐的程度——」

「刁鑽詭詐？」這詞彙讓她聽得糊塗，我只好解釋：「帶來不良影響。」

她盯著我瞧，同步思考這句話，想通後竟然笑了出來：「妳怕他帶給妳不良影響？」明知不可能，她仍大膽地開了個玩笑，唯當時我沒堅持，也跟著她一起覺得荒唐。

翌日出發去接小男孩前，我出其不意地問葛羅斯太太：「在我之前的老師，是怎麼樣的人呢？」

「妳是指上一任家庭教師？她同樣年輕標緻——我是說，妳已經這麼年輕漂亮了，她幾乎和妳一樣。」

「那麼，我希望她的年輕和美貌對她有實質幫助！」我沒忘記自己這麼說。「他似乎專找年輕漂亮的女孩。」

「這倒沒說錯，」葛羅斯太太深表贊同，「他的標準就是這樣！」她立刻察覺到自己的說法不當。「我是說老爺的標準。」

我嚇了一跳，「如果不是他，那妳一開始說的是誰？」

她表情茫然，臉卻紅了起來。「怎麼，就是他呀。」

「老爺？」

「要不還有誰？」

不消說，其他當然別無人選。於是，我馬上把葛羅斯太太這番彷彿意外透露玄機的話拋到腦後，自顧自地問些我想知道的事。

「她有沒有發現小男孩有什麼──」

「什麼不對，是吧？她從來沒向我提起。」

雖有不安，我終究還是問了：「她行事周到嗎？」

葛羅斯太太努力想以持平的態度評論，「就某方面來說，是的，她算是頗細心。」

「但不夠全面？」

她又想了想，「嗯，小姐，她都走了，我實在不想道人長短。」

「我明白妳這種感覺。」我連忙回應。不過考慮之後，我認爲這無礙於我繼續發問：「她在這裡過世的嗎？」

「不，她離職了。」

葛羅斯太太的回答很簡短，然而不知怎麼著，我總覺得曖昧不明。「離職，然後過世？」葛羅斯太太望向窗外，而我覺得自己既然來到碧廬，理當知道年輕家庭教師的工作樣態。「妳的意思是她病了，然後回家鄉去？」

「她沒生病，至少在這裡工作時看起來不像生病。她在年底離開，表示想回家度幾天假，以她的工作年資，這也是應有的權利。當時碧廬有另一名本來擔任保母的年輕女孩，人不錯，也還聰明。所以我們請她暫時照顧兩個孩子。哪想我們的家庭教師返家後再也沒回來，到了那時候，我們才聽老爺說她已經過世。」

我想了又想，「死因呢？」

「他沒告訴我！拜託，小姐，我得走了，」葛羅斯太太說：「我還有事要忙哩。」

Chapter 3

—第三章—

管家唐突地離開，幸未扼殺我們逐漸建立的互重，看來是我多慮了。在我將小邁爾斯帶回家後，葛羅斯太太和我的情誼更加緊密，原因在於這孩子確實惹人疼愛，我眞不知自己前一晚是怎麼想的，這樣的小男孩哪會遭到學校拒絕。我比既定時間稍遲才抵達約定地，看到孩子站在充當驛馬站的旅店門口，正殷切張望著尋找我們的身影，我一眼就辨認出他身上那種由內而外散發出的爽朗活潑——和芙蘿拉一模一樣。正如葛羅斯太太說的，邁爾斯的俊美難以形容；看著他，除了呵護與憐愛，不可能有其他念頭。那一刻，他在我心裡留下的印象如許眞摯，從不曾有其他孩子能引發我相同感受，邁爾斯的世界裡彷彿只有愛。這樣純良、甜美又眞誠的小男孩怎可能背負任何惡名？

等到我帶他返抵碧廬時，除了些許困惑，對於鎖在臥室抽屜裡那封惹人厭的信，已不再覺得憤怒。我還找到機會向葛羅斯太太表明立場，告訴她那封信果然荒誕。

她馬上明白我的意思，「妳說的是信上的無理指控？」

「那根本是不可能的事，親愛的葛羅斯太太，妳看看邁爾斯！」

聽出我終於發覺到邁爾斯的迷人之處，葛羅斯太太面帶微笑地說：「小姐，我向妳保證，我沒法子不看他！那麼妳怎麼決定呢？」她立刻問了。

「關於那封信嗎？」其實我早有了定見，「我決定不回應。」

「要告訴孩子的伯父嗎？」

我果決地說：「不必。」

「要讓邁爾斯知道嗎？」

我這個回答更好：「完全沒必要。」

她拉起圍裙用力擦嘴。「我支持妳，我們可以一起度過的。」

「我們辦得到！」我也熱切回應，伸出手向她表達我的承諾。

她先握住我的手，好一下子才放開，接著又一把拉起圍裙。「小姐，我不想冒犯，但是我能不能……」

「親吻我嗎？我當然不介意！」我張開雙臂抱住這個善良的女人。

和她像姊妹般相擁了好一會兒後，我覺得自己更堅強，對學校的作法也更憤慨了。

與後續諸多事件相較，那是美好的一刻，事後想想，我理當釐清狀況才是。如今想到我當時竟會輕易接受事實，自己也覺得訝異。我許下承諾，要和我的同伴攜手度過這個階段，顯然我是受了蠱惑，才會不顧一切地以爲自己能順利處理棘手難題。這孩子讓我著迷也讓我憐惜，飄飄然的情感勝過理智。邁爾斯才要開始認識這個世界，而我無知、困惑——可能還要加上一點自滿，以爲自己擔得起啓蒙教育這樣的重責大任。即便是現在，我也說不出我爲他的假期訂下什麼教學目標，或要怎麼讓他重拾課業。在那個美麗的夏天，我們全以爲他會跟著我上課，然而我現在覺得，在那幾個星期當中，我才是眞正的學生。我學到了——當然了，那是在剛開始的時候——超乎我原本小格局人生之外的事物；我學會如何享受愉快的陪伴，如何取悅身邊的人，而不是每日汲汲營營。

就某種層面而言，我終於懂得什麼是空間、什麼叫自由呼吸，何謂夏日樂聲，大自然又如何奧妙。同時我也學會了體貼。體貼眞是美好，哦，但也是陷阱——雖非刻意設計，卻深不可測⋯⋯引出我豐富的想像力、善感和敏銳，也許還要加上虛榮心，總之，這讓我無法自拔。最恰當的解釋是我完全放下了戒心，小兄妹倆出奇乖巧，一點不需要我費心。我一度想過——雖說這念頭一閃而逝——充滿挑戰的未來（未來總是艱辛的！）會怎麼對待這兩個孩子，他們是否會因而受傷。邁爾斯和芙蘿拉都很健康也很快樂，但我總覺得自己在照顧皇室的王子公主，一切都不能出錯，我必須將他們護在我的羽翼之下。在我的幻想當中，他們的未來仍該如此浪漫出塵，將來的世界會是皇宮般更大的花園。和後來的波折相比，這段寧靜時光更形珍貴，孰知靜謐的背後，某種越聚越深的陰影正伺機而動。的確，那次的轉變眞像是野獸的襲擊。

起初幾週的白日漫長，在我兩個學生用過晚餐上床睡覺後、我回房休息之前，有一小段屬於自己的空閒時光。我雖然喜歡他們的陪伴，但最愛的還是每天這一個鐘頭。在夜幕降臨之際，或許我該說，在白晝依然徘徊、鳥兒還在鳴啼，老樹上方的天色逐漸轉紅時，我會在這片偌大的產業上悠閒散步，那種感覺，就像這片美麗莊嚴的土地是爲了取悅我而存在。這段愉悅時光讓我平和又自在。我以爲自己之所以能如此心安理得，無疑是因爲我知所進退又不負雇主的託付——誰曉得他是否想到過這件事！我完成了他所有的期待和要求，而達成使命竟帶來超乎預期的喜悅。總之，我把自己當成傑出的年輕女子，認爲値得安慰的，是有朝一日大家都會知道。既然好事在望，那麼我自該以最好的一面來迎接。

一天傍晚，我先把孩子送上床睡覺，然後出門散步，享受自己的美好時光。散步時我經常不自主地胡思亂想，倘能突然遇見某個人，會是多麼浪漫的故事。說不定這個人會出現轉角處，帶著仰慕的微笑站在我面前。我要的不多，只希望他懂，而確認他是否能瞭解的方式只有一種：我必須親眼在他俊美臉龐上看出來。

在那個漫長的六月天傍晚，我果然看到了這張臉。我正要穿過樹叢，走向眼前的碧盧，但當時的景象讓我太過震驚。我停下腳步，在那一瞬間，竟然以爲自己的幻想成眞。他眞的在那裡！他怎會站在草坪後方的高高塔樓上——也就是芙蘿拉第一天帶我去參觀的高塔。碧盧有兩座帶齒狀矮牆的方形塔樓，這兩座塔樓不知爲何並不對稱，一新一舊，可我看不太出區別在哪裡。兩座高塔分踞碧盧兩端，極可能當初設計不當，雖說看起來不算不協調，高度也不足以懾人，然而浪漫主義時期的薑紅色舊式磚瓦倒是彰顯了過去的風華。我很喜歡這兩座塔，常拿來當作幻想的主題，高高在上的城垛槍眼確實壯觀，尤其映著夕陽更顯氣派。不過，高塔並非我幻想中人物應當出現的位置。

我記得這個人影在暮色中出現了兩次，頭一次讓我嚇了一跳，第二次卻覺得驚訝，因爲我發現自己第一眼認錯了人，這個和我四目交望的男人並非我乍想的人。多年後再次回想，當年我在碧盧不可能看到任何這樣的男人。碧盧位置僻靜，陌生男人自然會讓孤單的年輕女郎感覺恐懼，況且面對著我的這張臉——凝視了幾秒後我更確定了，與我心裡念想的人完全不同。別說我在哈里街上沒看過這張臉，在其他別處也都沒看過。這個人出現的瞬間，不知怎麼著，原來就偏僻的碧廬竟變得更荒涼。我現在首次仔細回想那一幕，毛骨悚然的感覺又湧了上來，那人一出現，周遭一切似乎全罩上了死亡的陰影。在我提筆寫下這段經歷的同時，彷彿又聽到傍晚所有聲響在同一瞬間完全靜止。金色天際下的白嘴鴉不再啼叫，美好時光中的所有聲響登時消失。除此之外，大自然並沒有變化，真要說，也只能說是我的目光莫名地變得更敏銳了。天空還是金黃色，空氣清朗，站在塔樓上盯著我看的男人彷如固定畫框當中。我心裡飛快地閃過好幾個念頭，想猜測他是誰。我們相隔著一大段距離看著對方，在這樣的情況下，我拚命自問又無法自答，只覺得氣氛益發弔詭。

事後我知道，碰到這樣的事，最關鍵的問題是——或者我該說這只是諸多問題的其中一項：這段時間究竟持續了多久？其實我和任何人一樣，在這段時間中揣測出十來種可能性，偏沒有一項推測合理，我想不出碧廬有哪個人我沒看過？他究竟什麼時候來到碧廬？我甚至開始動怒，以我在家中的地位，怎會不曉得有這麼一個人存在。在我努力思考的時候，這個無端出現在暮色當中，引發我滿心疑惑的男人態度隨性自在——我記得他沒戴帽子，因而如此推論。他高高在上地盯著我看。我們相隔太遠，不可能彼此喊話，若非這段遙遠的距離，在對看這麼久之後，兩人中定會有人忍不住打破沉默。他站在碧廬最遠端的角落，非常顯眼，雙手扶著牆垛，身影和我現在寫在紙上的字一樣清楚。

過了整整一分鐘之後，彷彿是爲了加強效果，他慢慢地走到塔樓另一個角落，目光仍緊盯著我不放。沒錯，我是很敏感，我清楚感覺到他的視線，也看得到他雙手於牆垛齒孔間忽隱忽現。

他在另一角落上站定，但時間沒方才來得久，即便在轉身時，他的目光仍然沒有離開我。我只知道他轉過身，離開高塔。

Chapter 4

第四章

不是我沒等著看接下來的發展，而是我驚愣到雙腳彷彿生了根，完全無法移動。碧廬是不是有什麼好比《猶多佛驚悚故事》①的祕密？還是說，碧廬裡囚禁著一名精神異常、不足以爲外人道的親戚？我說不準，不曉得自己沉浸在好奇與恐懼的情緒中於原地站著想了多久，只記得當我走進大宅時，天色已經昏暗。我稍早必定太過煩亂，漫無目的地兜圈打轉，起碼走了三英里路。日後我才明白，這次遭遇不過爲冰山一角罷了。事實上，這件事最詭異的——倒和後續事件一樣

①《猶多佛驚悚故事》（*The Mysteries of Udolpho*）是英國作家安・拉德克利夫（Ann Radcliffe，1764～1823）這位哥德小說先驅於一七九四年發表的作品，敘述書中主角搬入猶多佛後經歷的一連串神祕事件。

怪異——是我一踏進碧廬大廳就看到葛羅斯太太。如今，這幕情景又掠過我腦海，碧廬大廳燈火通明，鑲了飾板的白牆在壁掛畫像和紅地毯襯托下尤顯亮眼，而我這位朋友神色驚喜，一看就知道她正等我回來。她見我回家，真心鬆了一口氣，我因此感覺她對我方才的遭遇一無所知。我原本打算說出，沒料到這張熟悉的面容令我恢復冷靜，儘管不明白原因何在，就是沒辦法開口告訴她。我從來沒碰過這等詭異的事，心裡不由得發毛，可本能讓我說不出口。在舒適宜人的大廳裡，在她的目光之下，連我自己也不知該作何解釋——我兀自決定隨便爲晚歸找個理由，藉口流連夜色後漸覺濕氣重，想趕緊回房休息。

幾天之後，這樁怪事仍教我百思不得其解。那段時間，我總會趁課餘挪出一時半刻，把自己關在房內思考。這不是因爲我緊張過度，而是擔心自己總有一天會承受不住。我要徹底想清楚的是，這名訪客明明與我無關，但爲何和我有種無法解釋卻近乎親密的連結。

沒過多久，我終可不爲追問而開口，也不再爲了家務小事而情緒激動。經過那次驚嚇，我的感官想必是更敏銳了，經過仔細觀察，在事發的三天後，我確認家中僕人並沒有把我當成捉弄的對象。我只知道身邊的人實不知情。合情合理的推論只有一種，亦即有人擅闖碧廬。我每次把自己鎖進房裡時，都這麼告訴自己：碧廬來了個不速之客，肯定是無禮的旅客對老房子好奇，於是跑進來參觀，享受站在高處俯瞰的風光之後，又偷偷溜了出去。至於他爲何敢大膽盯著我看，只能歸咎於他的輕率粗魯。往好處想，我們是不可能再看到這個人了。

這儘管好，但和我美妙的工作相比，依然顯得微不足道。這職位的美妙之處，在於我可以和邁爾斯、芙蘿拉相處，我毫無顧忌，全心全意地投入其中。照顧身邊兩個學生是純然的喜樂，想到自己曾經爲這份可能枯燥無趣的工作擔心，連我都覺得好笑。怎可能乏味，怎可能單調？工作是每天最美好的時光。我們不是在育嬰室說故事，就是在課堂裡讀詩。當然我不是要說我們光說故事、聊天，我要講的是，在這兩個孩子的陪伴下，這是最貼切的表達。我該怎麼說呢？我不只是和小兄妹日漸熟絡——我可以請任何家庭教師作證，這是讓人最讚嘆的事了！——他們每天都帶給我新奇的感受。我唯獨一點不懂，那就是邁爾斯在學校裡的表現。我發現自己倒也能坦然面對這個難解的謎。也許我該說，孩子本身就能還原眞相了，多說無益。邁爾斯讓校方的說法毫無可信之處。光是純稚孩子粉嫩的雙頰就能讓我作出這款結論，那學校是個污濁不潔的世界，眼前善潔美好的孩子付出了代價。我這番想法也許刻薄，不過有許多人在察覺到旁人的優點後會想辦法打擊對方，而那名愚昧卑鄙的校長當然也是那種人。

邁爾斯和芙蘿拉的個性都很溫和（這是他們唯一的缺點，可邁爾斯不會流於怯懦），因此這兩兄妹——該怎麼說呢，不像眞實世界的孩子，無從懲罰。他們就像故事中的小天使，在品性或任何方面皆無瑕疵！特別是邁爾斯，我覺得他彷彿未曾經歷任何人間世事。再怎麼樣，我們都會以爲孩子或多或少有點經歷，然而這個俊美的小男孩雖出奇敏銳，卻也比任何同齡孩子快樂。讓我訝異的是，每天對他都像嶄新的開始。他從來沒受過折難。我視此爲他不曾受到懲處的直接證據。若他曾經使壞必然留下痕跡，讓我能由他的反應得知，尋出蛛絲馬跡。偏偏我完全看不出來，他絕對是個天使般的男孩。邁爾斯從不提學校的事，不曾提起同學或老師，而我呢，出於厭惡，這些人讓我連問都不想問。沒錯，我誠然太入迷，唯有趣的是，我明知如此，仍舊無法自拔。我放棄抗拒，對我低落的心情來說，這無疑是解藥，而難過的事不止一樁。那陣子我收到不少令我操心的家書，知道家裡狀況並不好。但有這兩個孩子在，煩心的事務能奈我何？這些問題只會在零碎的休息時間浮現。這對純良靈慧的小兄妹收服了我的心。

容我繼續說吧。有個星期日，接連幾小時的滂沱大雨讓我們沒辦法上教堂，在惡劣天氣影響下，我和葛羅斯太太打好商量，等看看傍晚雨勢能否轉小，我們再一起去參加晚禱。讓人開心的是雨終於停了，我們準備穿過公園，沿著好走的路進村裡去，這趟路約莫要花二十分鐘左右。下樓到大廳和葛羅斯太太會合時，我想起自己的手套。唯有在星期日，兩個孩子和我才會在「大人」的餐室裡享用下午茶。這也許不是太好的示範，話說我有雙手套要縫補，拿到手卻不小心忘在那間裝潢著桃花心木和黃銅飾品的乾淨餐室裡，於是回頭去拿。

那天雖然昏暗，但午後的光線仍未完全退去，我就著光走進去，沒想到自己不僅找到了擱在大窗旁椅子上的手套，還看到窗外有個人影往裡頭張望。我才走了一步便立刻看到這一幕。往屋裡探看的是我見過的男人，這張臉孔和上次幾乎沒有差別，在我往前走一步之後，我們的距離更近，這讓我一看到他便差點喘不過氣，而且全身發涼。這次他還是一樣，一模一樣，我只看到他的上半身，因爲餐室雖位於一樓，面對他所在露臺的大窗卻非落地窗。他把臉湊在窗玻璃邊，即便這回我看得清楚，怪的是這只讓我覺得自己上次看到他有多緊張。儘管他僅待了幾秒鐘，但足以讓我看出他同樣瞧見我，也認出了我。短暫幾秒鐘的凝視猶如數年，我覺得我們彷若早已相識。然而這次和上次不同，他先是和上回一樣目不轉睛地直視我的臉，沒多久後，我看到他轉而盯著其他東西看。當下我震驚地發現他並非因我而來，他要找的是別人。

我愣愣地站著，這個在恐懼下浮現的念頭引發我完全不同的反應，受責任感驅使，我心裡湧起一股突如其來的勇氣。之所以稱爲「勇氣」，乃因爲我把所有的疑慮全拋在腦後。我拔腿往門外衝，跑到屋外車道上，以最快的速度穿過露臺，繞過轉角，想直接和這個男人面對面。可是我什麼也沒看見，此人已經消失無蹤。我停下腳步，差點跌倒，但也大大鬆了一口氣。我環顧周遭，想等他再次現身。雖是等待，可我等得夠久嗎？到今天，我仍無法精確說出這些事件的時間長短。我必定喪失了時間感，這些經過勢必沒有我想像中來得久。無論是露臺、草坪或後頭的花園，我什麼也沒看到。碧廬周遭有樹叢也有大樹，我則確定他不可能躲藏在後面。他要不還在，要不便是已經離開，既然看不到，那麼他必定走掉了。想到這裡，我的本能反應不是回屋裡去，而是站到窗前。我不懂自己何必要站到先前男人站定的位置，但我就那麼站著，和他一樣往裡頭看。

這時候，彷彿方才的情景重現，葛羅斯太太走進了餐室。如此一來，我恰好看到男人之前看到的影像。葛羅斯太太和我方才一樣，也忽然停下腳步。我帶給她的驚嚇不亞於我自己的遭遇。她的臉色霎時刷白，我不由地想，不知自己剛才是否也如此慘白。

她看了半晌，踏上剛才我走的路線，我知道她要繞出來找我，我馬上會看到她。我站在原處等，腦海裡思緒紛雜，然而我想問的只有一點：她爲何如此害怕？

她立刻讓我明白原因何在了。

葛羅斯太太繞過轉角，再次出現我面前。

「老天爺啊，這到底怎麼一回事？」這會兒她滿臉通紅，跑得上氣不接下氣。她靠近之後我才說話。

「妳是指我？」我的臉色定然有異，「我表現得很明顯嗎？」

「妳的臉色白得像紙，看起來糟透了。」

我想了想。本來打算自己面對這件事的我，忽然覺得需要葛羅斯太太的扶持。如果我現在的態度有所動搖，也和我隱忍沒說的事情無關。

我朝她伸出手，她也伸手握住，我緊緊握了一會兒，有她親近的感覺眞好。

她的驚訝略顯羞怯，亦帶有默默的支持及安慰。

「妳一定是要來找我一起上教堂的，但我不能去。」我開口道。
「出了什麼事嗎？」
「是的。妳應該看出來了，我是不是有些古怪？」
「我剛剛在窗裡看到，眞被妳嚇壞了！」
「我眞是嚇著了。」我說。
葛羅斯太太的眼神充分表達她不想分擔我的恐懼，顯然她也知道她的身分不該多問。啊，但她非得聽我說不可！
「一分鐘前我在窗口看到一張臉，跟妳剛才一樣被嚇壞了。只是我看到的更可怕。」
她握緊我的手，「妳看到什麼？」
「我看到一個奇怪的男人往屋裡張望。」
「什麼奇怪的男人？」
「我完全摸不著頭緒。」
「那他去哪裡了？」葛羅斯太太徒勞地環顧四周。
「這我更不曉得。」
「妳從前看過他嗎？」

「有的，看過一次。他站在塔樓上。」
她的眼神更專注了，「妳是說，他是陌生人？」
「沒錯，完全不認識的人。」
「但是妳卻沒告訴我？」
「我有自己的理由，所以才沒說出來。既然妳已經猜到了——」
聽到這個說法，葛羅斯太太睜大了雙眼。「我什麼都沒猜到！」她直率地說：「我怎麼知道這不是妳想像出來的？」
「這不是想像。」
「除了塔樓上，妳沒在別的地方看過他？」
「只有剛才在這裡看到。」
葛羅斯太太又開始左顧右盼。「他在塔樓上做什麼？」
「光站在上面往下看著我。」
她想了想，「他像紳士嗎？」
我連想都不必想，就說：「不是。」
她更納悶地看著我。我又說：「絕對不是。」
「是這附近的人麼，會不會是村裡的人？」

「不是，肯定不是。我之前沒講，可是我確認過了。」

葛羅斯太太隱約地鬆了一口氣，說來也怪，她似乎覺得這是好事。她隨即又說了：「但如果他不是鄉紳——」

「那他會是誰？是讓人毛骨悚然的人。」

「毛骨悚然？」

「他是——天哪，我也想知道他是誰！」

葛羅斯太太又一次四處張望，凝神看著昏暗的遠方，努力想鎮定下來。這時她突然唐突地轉過頭來對我說：「我們該上教堂了。」

「我現在不能走！」

「到教堂去不會讓妳覺得舒服一點嗎？」

「對他們沒有好處！」我朝碧廬點了個頭。

「妳是說那兩個孩子？」

「我現在不可能丟下他們。」

「妳擔心……」

我毫不掩飾地說：「我擔心那個男人。」

聽我這麼說，葛羅斯太太臉上首次露出若有所悉的表情。我在不知情狀況下，似乎帶給她某種模糊的想法。如今想來，我當時的立即反應是套出她更多話來，這和她的追問多少有關。

「妳在什麼時候看到——他站在塔樓上？」

「月中左右，大概也是在這個時間。」

「快天黑的時候。」葛羅斯太太說。

「哦，不，沒那麼晚。我像現在看著妳一樣清楚地看到他。」

「那他是怎麼進去的？」

「他又是怎麼出來的？」我失笑了，「我怎麼有機會問他！」我接著說：「今天傍晚他沒進碧廬來。」

「他只在外頭偷看？」

「假如光是偷看就好了！」

這會兒，她放開我的手，撇開頭去。

我等了一會兒，又說：「去教堂吧，再見。我要留下來看著孩子。」

她緩緩地轉頭看我，「妳擔心孩子的安全？」

我們互望了一會兒。

「妳不會嗎？」我說。她沒有回答，而是走到窗邊，把臉湊向玻璃看了一下，這時我又說：「妳知道他能看得多清楚吧。」

她沒動，只應道：「他在這裡站了多久？」

「一直到我出來才離開。我出來找他的。」

葛羅斯太太終於回過頭來，我清楚看到她臉上的表情。

「若是我，絕對不敢出來。」

「我本來也不敢！」我又笑了，「不過還是鼓起了勇氣，畢竟我有我的職責。」

「我也有我的責任，」她接著又補上一句：「他長什麼樣子？」

「我眞想告訴妳，偏偏他的相貌很難形容。」

「他什麼人都不像？」

「他沒戴帽子。」

我看出她聽我這麼說，顯然驚慌地想到了什麼人。我立刻接著詳細描述：

「他有一頭紅髮，又紅又鬈。他的臉色偏白，臉型比較長，五官端正，一把有些奇怪的小鬍子，顏色和頭髮一樣紅。他的眉毛顏色略深一點，看起來特別彎，像是很愛挑眉的人。至於眼睛呢，目光銳利但有些怪，我只能說這雙眼睛又小又專注。他有張寬嘴，嘴唇很薄，臉上除了那把小鬍子外倒是剃得乾乾淨淨。這張臉讓我覺得他像一名演員。」

「演員！」這時的葛羅斯太太更像演員。

「我從來沒看過演員，不過我猜想他們應當就是這種長相，高大又活動力強，打直著腰桿。」我繼續說：「但不可能，他絕不可能是紳士。」

葛羅斯太太臉色越來越白，聽得目瞪口呆。「紳士！」她驚呼：「他怎麼可能是紳士！」

「這麼說，妳認識他？」

她顯然想努力保持鎮定，「他英俊嗎？」

我聽出該怎麼推她一把，讓她說出實話了。「很英俊！」

「穿著打扮呢？」

「他穿的是別人的衣服，很時髦，但不是他自己的。」

她失聲喊了出來：「是老爺的衣服！」

果眞讓我問出來了。

「妳果然認識他？」

她只遲疑了一秒鐘。「昆特！」她喊道。

「昆特？」

「彼得．昆特——他的男僕，他帶過來的人！」

「老爺的男僕嗎？」

她仍然喘著氣，但直視著我，一古腦全說了出來：「他從來不戴帽子，但會穿——呃，家裡有些背心不見了。他們兩個去年都在這裡，接著老爺走了，昆特獨自留了下來。」

我任她說，挑這時打岔問道：「獨自留下來？」

「和我們一起留下來。」接著她似乎是掏出了心底話，說道：「留下來管理碧廬。」

「後來呢？」

她久久沒回答，這讓我更糊塗了。

「後來他也走了。」葛羅斯太太終於說話。

「上哪裡去？」

她聽到我的問題，表情益發詭異，「天曉得！他死了。」

「死了？」我差點尖聲高喊。

她挺起胸，站穩腳步，用堅定的語氣說：「沒錯，昆特先生過世了。」

Chapter 6

第六章

使我們不得不一起正視這件事的當然不只方才那段對話，還得加上我生動如實且栩栩如生的描述——這令人不寒而慄，我的朋友葛羅斯太太既驚訝又憐憫，從今以後也不得不接受我的所見。我在那天晚上說出自己的遭遇後，整整沮喪了一個小時，結果我們兩人都沒去教堂參加晚禱，反而關在教室裡，又是眼淚又是發誓，一邊禱告一邊彼此允諾，在一連串事件後互相鼓勵。

坦然道出一切之後，整件事似乎也不如稍早來得震撼。葛羅斯太太表示自己什麼也沒看到，連個影子都沒有，家中也只有我這家庭教師信誓旦旦地指稱看到陌生人。然而她對我的說法和精神狀態非但沒有半分質疑，還以最溫良柔和的方式來安撫我，直到今天，我仍然感念她表現出人性最善良的一面。

那晚，我們約好一同攜手面對所有挑戰。她雖然什麼也沒看到，可我擔心她的心理負擔會比我重。

我當時就知道——而日後也將親身體驗——自己會展現出何等勇氣來保護學生。至於葛羅斯太太呢，我則是花了一點時間才確定我這名盟友會遵守承諾。畢竟我的所見古怪，而她也給我相同的感覺，唯細細思索日後點滴，甫明白當時的立場確實讓我們雙方都安下心。這個轉折帶我走出恐懼又封閉的內心，至少在葛羅斯太太陪伴下，我又能到花園裡去透氣；我清楚記得當晚在我們各自回房之前，我終於重新拾回勇氣。

在花園透氣時，我們又一次鉅細靡遺地討論我看到的臉孔。

「妳說，他要找的不是妳，是別人？」

「他想找小邁爾斯。」我驀地意識到這件事，「就是邁爾斯。」

「妳怎麼知道的？」

「我知道，我就是知道！」我越來越激動了，「而且妳也知道，親愛的葛羅斯太太！」

她未加否認，但對我而言，這已等同明確的證實。好半晌後，她還是開口了：「萬一那男人眞的看到他怎麼辦？」

「妳是說小邁爾斯？那他就稱心如意了！」

這下，她再次露出恐懼的表情。「那孩子？」

「當然不是！是那個男人。他想讓他們看到他。」這個想法駭人，然而我能夠阻止這件事，就在散步時，我成功地證明了我的能耐。我深信自己會再次看到他，我的內心深處有道聲音，要我勇敢地單獨出面誘敵，犧牲自己來維護身邊所有人的安寧——尤其是那兩個孩子。我可以成功嚇阻那個男人。

當晚，我還對葛羅斯太太說了這些話。

「怪的是我兩個學生從來沒提起過這個人……」我邊說邊想，沒把話說完。

葛羅斯太太認眞看著我，「妳是說，他們沒提起那男人曾經住在碧盧，曾經和他們相處？」

「除了曾經相處外，他們也沒提起他的名字或他大大小小的事。」

「哦，小女孩不可能記得，她什麼也不知道。」

「妳指的是他的死因？」我緊張地想，「有可能。不過邁爾斯一定記得，他絕對知道。」

「啊，別去問他！」葛羅斯太太喊道。

我以相同的眼神看著她。「別怕、別怕。」我仍然沉浸在自己的思緒當中，

「這眞的很奇怪。」

「因爲邁爾斯從來沒提過這個人嗎？」

「連暗示都不曾。但妳說他們兩人『很要好』？」

「我不是指邁爾斯！」葛羅斯太太特別強調。「全是昆特自己一廂情願，他會去找邁爾斯玩，特別寵他。」她停了一下，接著又補充：「昆特太放肆了。」

這話突然引我反胃，我彷彿又看到了他的臉，啊，那張臉！「放肆對待我的小邁爾斯？」

「他對任何人都這樣！」

我努力克制，不想隨便假設或分析昆特如何放肆對待碧廬的人手，要知道這些人大半都還和我們在一起。但據我們所知，碧廬這幢老宅未曾傳出任何醜聞，也沒有驚慌失措的家僕。在這樣的情況下，葛羅斯太太顯然只想找個人互相扶持，在她哆嗦時陪在她身邊。我沒有死心，午夜時分趁她離開教室之前，仍想試探她。

「所以妳眞的確定他在大家眼裡都不是好人？要知道，這很重要。」

「不見得每個人都這麼想。我知道他是名壞胚子，偏偏老爺不曉得。」

「妳沒告訴過他？」

「嗯，老爺不愛人說三道四，他最討厭的就是聽人抱怨，對這種事他半點耐心也沒有，如果他覺得哪個人好——」

「他就不會多管？」這個描述和我對他的看法相當一致，他不多事，對雇用的人也不多問。儘管如此，我仍然繼續逼問：「要是我，一定說出來！」

她聽得出我的責怪，回應道：「我錯了，可是我眞的害怕。」

「怕什麼？」

「我不曉得那男人會做出什麼事。昆特聰明得很，心機頗深。」

我不動聲色，但聽進了這句話。「妳擔心的不是其他事？比方他會去影響——」

「影響誰？」她表情痛苦，急著聽我把話說完。

「影響……無辜的小生命。他們應該由妳來保護照顧。」

「不，他們不是我的責任！」她焦急地直言反駁。「老爺信任他，把碧盧交到他手上，說是因爲他身體不好，鄉下新鮮空氣對他有幫助。一切都由他接管。沒錯，」她刻意說：「連他們兩兄妹也歸他管。」

「把他們交到那個惡人手上？」我強壓下怒意才沒喊出來，「而妳竟然能夠忍受！」

「不能，我受不了，現在也不能忍受！」可憐的女人哭了出來。

誠如我說的，從隔日起我把全副注意力都放在孩子身上，不過在接下來的一星期裡，我們仍不時憤慨地討論這件事！那個星期日晚上我們談得雖久，但是——特別是在我們分頭就寢的幾個小時之間，我心裡仍存有道陰影，覺得葛羅斯太太有所保留，我懷疑當晚我是否曾經入眠。我知無不言，而葛羅斯太太似乎有些話沒說。到了第二天早上，我更確認自己的看法沒錯，她若不是隱瞞，即是太過恐懼。

回想起來，到了隔天幾乎是太陽高掛時，我才想通她的恐懼必定其來有自。我從中得知這男人生前有多麼陰沉，關於死後我們得稍後再論——在他居於碧廬的幾個月中，必定讓住在大宅的人度日如年。直到某個冬日早晨，這段難熬的日子才宣告終結。一名大清早上工的人發現彼得・昆特的屍體，他倒在村裡的路邊，已經沒了呼吸。他的死因，至少就表面來解釋是頭部明顯的外傷，昆特應該是離開酒吧後，在昏暗夜色裡走錯路，失足滑下斜坡，最後陳屍坡底。關於他死因的閒言閒語不少，經過調查，最後結論仍是錯入結冰斜坡以及酒精誤事。儘管如此，他生前那些黑暗的祕密和犯下的惡行，很可能是更好的解釋。

我不知該如何書寫這個故事來呈現自己當時的心態，在那段期間，我的確爲自己成了時勢英雄，有種莫名的喜悅。想當初，雇主交付了艱鉅的任務給我，而我也不負所託，完成其他家庭教師辦不到的使命。這的確值得讚揚。我以最堅定單純的態度來面對自己的工作，老實說，回首當年，我要為自身表現喝采。我的職責是保護世上最惹人疼愛的一對孤兒兄妹，那一刻，我深深感受到他們的無助，這使我堅定的心跟著作痛。我們可說是與外界隔絕，必須攜手面對危險。除了我，他們沒有別人可以依靠，至於我——我有他們。簡單來說，這是個好機會，是個送到我面前的轉機。我宛如一道屏障，擋在他們前方。我看到越多，他們看到的便越少。我繃緊神經守著兩個小孩，這或許是某種變相的興奮，如果這種情緒持續太久，我很可能發狂。現在想起來，還好最後情況有了改變。疑點不再是疑點，取而代之的是恐怖的證據。是的，證據！

時間是某個下午，我帶著小芙蘿拉在花園裡散步。我讓邁爾斯留在屋內，他坐在窗前大椅的紅墊上準備讀完一本書，這小男孩偶會稍顯浮躁，看他想讀書，我當然樂得鼓勵。而小芙蘿拉想到外頭玩，這天很熱，豔陽高照，我陪她在陰影下散步了約莫半小時。這不是我頭一回有這種感覺了，芙蘿拉和她哥哥一樣可愛，不會纏著我也不刻意拋下我，陪在我身邊時仍然保持距離。他們不黏人，但絕非是怠慢。小兄妹自己玩得高興，我只需在一旁守護，他們自得其樂的模樣像是經過設計，而我則是現成的旁觀者。我彷如受邀來賓似的走進他們的世界，這對小兄妹不會打擾我；偶爾他們遊戲時需要我在其中扮演某個角色，但這種時候不多。感謝我的雇主，他給我一個能讓我樂在其中又毋須操煩的好工作。我忘了那天下午我扮演什麼角色，只記得這個角色相當重要又安靜，小芙蘿拉玩得興高采烈。我們當時坐在湖邊，那陣子我們剛開始上地理，所以把湖命名為「亞速海」。

就在這時候，我感覺到有人從亞速海的對面看著我們。這感覺來得怪極，太詭異了，尤讓人起疑的是這名倏然出現的陌生人。我在芙蘿拉的遊戲中扮演一個坐著的角色，手拿女紅坐在一張舊石凳上，我可以從這個角度遠遠觀察來確認，不必直接看向在場的陌生人。老樹和濃密的灌木叢帶來舒適的遮蔭，天色還亮，光線倒也能穿過樹蔭透過來。無庸置疑，只消抬起眼睛看向湖對岸，立刻可以證實我的懷疑。我的目光依舊停在手中的針線活上，在決定該作何反應之前，我用盡全力阻止自己抬起頭看。有個陌生人在場，而且我強烈質疑他是否有權出現。猶記得我反覆思索各種可能性，提醒自己他可能是這附近的某個居民，要不就是村裡來的信差、郵差或是小販。但這些假設沒有動搖我的感覺，我連看都不必看，就能感覺到來者是誰。這個人不可能是剛才設想的那些人。

只要鼓起勇氣，便能知道對方的身分。在抬眼看之前，我先瞥向距離我只有十碼之遙的小芙蘿拉。我急著想知道芙蘿拉是否也能看到，屏住氣等待，心跳差點停止，我想，也許天眞的孩子會因爲看到陌生人或出於警覺而叫喊，如此一來我的感覺便能得到證實。然而我等了又等，小女孩偏就沒有反應。

這時，讓我最膽寒的是，一開始高興玩耍的孩子竟然在一分鐘之內完全安靜下來，而且就在那一秒鐘轉身背對湖面。我親眼看著她的轉變，她也一樣，知道有人正在觀察我們。她拿起一片木板，這片板子上恰好有個洞，她想把另一截樹枝插進洞裡，當作小船的桅杆。我看著她一心一意想把樹枝插穩。

看到她的舉動，我有了信心，幾秒鐘後終於覺得自己可以採取進一步行動。我抬起眼睛，直視不得不面對的景象。

Chapter 7

第七章

我完全不知道自己是如何忍過那段時間的，但一逮到機會，就立刻去找葛羅斯太太。我撲向她敞開的雙臂，依稀聽到自己的哭聲。

「他們知道，太可怕了，孩子知道，全都知道！」

「知道什麼？」她抱住我，語氣中聽得出懷疑。

「我們曉得的事他們全知道，或許還更清楚！」她一放手，我立刻把稍早的遭遇說出來，或許連我自己都是到了那一刻才想通。「兩小時前，我們在花園裡……」我結結巴巴地說：「芙蘿拉看到了！」

葛羅斯太太露出彷彿挨了一拳的表情。「她告訴妳的嗎？」她喘著氣問道。

「她什麼也沒說，這才是最可怕的事。她藏在心裡沒說！那孩子才八歲呀！」我還沒辦法完整表達出驚慌的心情。

葛羅斯太太驚得張大了嘴，「那妳是怎麼知道的？」

「我在場親眼看到，我瞧見她完全知情。」

「妳是說，知道那個男人也在場？」

「不，是女人。」從葛羅斯太太臉上表情看來，我說這話時的模樣必定十分嚇人。「這次是另一個人，一樣可怕邪惡。這女人身穿黑衣，臉上的表情陰沉得嚇人，天哪，那張臉！她站在湖對岸。我帶著芙蘿拉安安靜靜地在這頭，她突然出現。」

「怎麼出現，從哪裡冒出來的？」

「從她的來處冒出來的！她和我們隔了一段距離，就站在湖邊。」

「她沒靠過來？」

「沒有，可是那種感覺就像妳現在和我的距離一樣！」

這位好管家猛地後退一步。

「妳從前看過這個女人嗎？」

「我沒看過，但孩子認識，妳也認識。」接著我說出我推敲出來的答案：

「是前一任家庭教師，那位過世的女老師。」

「潔賽兒小姐？」

「就是潔賽兒小姐。妳不相信我嗎？」我繼續逼問。
她難過地搖頭，「妳怎麼能確定？」
我已經夠緊張的了，聽她這麼一說，立刻失去耐性。「要不妳去問芙蘿拉，她絕對確定！」但此話一出，我立刻後悔，「不，看在老天爺的分上，千萬別去問她！她會否認，她會騙我們！」
葛羅斯太太雖然疑惑，仍本能地抗議：「妳怎麼知道？」
「因爲我很清楚，芙蘿拉不想讓我知道。」
「這麼說，她是爲了妳好。」
「不，不是的，其中有更多祕密！我越想越清楚，越清楚就越害怕。我已經不知道自己有什麼看不見、有什麼不害怕的事了！」
葛羅斯太太努力想弄懂我的意思。
「妳是說，妳怕再看到她？」
「哦，不是的，看到她已經算不上大事了！」我接著解釋：「我怕的是看不到她。」
這一解釋只讓葛羅斯太太更迷糊。
「我不懂妳在說什麼。」

「我說的是孩子日後還會看到她，而且肯定不會讓我知道。」

聽懂這個可能性，葛羅斯太太此時也崩潰了。她努力想恢復自持，彷彿覺得若在此時示弱，我們便眞的無法扭轉情勢。

「天哪，天哪，我們一定要鎭定！再說，如果芙蘿拉看到了卻不介意……」女管家甚至開了個恐怖的玩笑，「說不定她很喜歡！」

「喜歡那種東西？她還是個孩子！」

「這不正好證明小女孩有多麼天眞嗎？」我的盟友勇敢地提問。

這般論點幾乎說服了我。

「哦，我們一定得這麼想！這若不是證明妳的看法，就是證明——天哪！那個女人眞是讓人不寒而慄。」

聽我這麼說，葛羅斯太太先是垂下雙眼，一會兒之後才抬起眼睛看我。「告訴我，妳是怎麼知道的。」她說。

「這麼說，妳承認那女人是潔賽兒小姐？」我喊了出來。

「告訴我妳是怎麼知道的。」她自顧自地重複相同的問題。

「怎麼知道？看到就知道了！看到她的目光就知道了。」

「妳是說，她用惡毒的目光看著妳？」

「天啊，不是，她看的若是我也好。她連瞄都沒瞄我一眼，光盯著那孩子看。」

葛羅斯太太努力想像道：「盯著芙蘿拉看？」

「她的眼神好恐怖！」

她直視我的雙眼，似乎想拿我的眼睛和那女人相比。「妳是說，厭惡的目光嗎？」

「不是，是更邪惡的眼神。」

「比厭惡更糟？」葛羅斯太太顯然又不懂了。

「她的眼神堅定無比，帶著某種憤怒的意圖。」

聽我這麼說，她臉上血色盡失。「意圖？」

「她想控制芙蘿拉。」

葛羅斯太太看著我，忍不住打了個冷顫。她走到窗邊，看著窗外，聽我把話說完：「芙蘿拉也知道。」

又一會兒，她才轉過頭來。「妳剛剛說，那個女人穿著黑衣？」

「像喪服，而且有些破舊，可是她——沒錯，美得很獨特。」這下子我發現葛羅斯太太終於願意相信我的說法了，她顯然在思考我的描述。「很漂亮，非常漂亮，」我強調：「是個美人胚子，但不像良家婦女。」

她慢慢走回我身邊。「潔賽兒小姐——有些放縱。」她再次以雙手緊緊握住我的手，似乎想帶給我力量，抵抗她說出口的祕密。「他們兩個都很放縱。」她終於說出口。

我們再次互相凝視，說出口的實情對眼前狀況有相當程度的幫助。我說：「妳隱忍到現在才說出來，的確值得敬佩，不過現在該是全盤托出的時候了。」她顯然也同意，唯仍保持緘默。看她這樣，我繼續說：「我一定得知道詳情。她怎麼死的？說吧，他們兩人間有什麼祕密。」

「那兩人間什麼事都有。」

「儘管他們之間的差別——」

「是啊，階級、條件都不同，」她難過地說：「她本來是個淑女。」

我想了想，又看出一些蛛絲馬跡。「是，她本來是個淑女。」

「而他是卑賤的下人。」葛羅斯太太說。

我不認爲自己該繼續逼問，畢竟葛羅斯太太的身分是僕傭，然這無礙我們的女管家表達自己對前任家庭教師屈尊交往的評斷。這種事自有應對的方式，而我決定從實應對。我們雇主的前任男僕相貌英俊，但態度放肆、目中無人，且邪惡又狡猾。對他，我知道得越多越好。「所以那傢伙是個卑劣的人。」

葛羅斯太太想了想，似想釐清自己的感受。「我從來沒看過那種人，他總是隨心所欲。」

「對她予取予求？」

「對所有人都一樣。」

葛羅斯太太彷彿又看見了潔賽兒小姐。無論如何，當下我似乎在女管家眼中再次看到湖邊的女教師。我下了斷語：「他想做什麼事，她一定也想要！」

我在葛羅斯太太臉上瞧見同意的表情，她嘴裡卻說：「可憐的女人，她最後還是付出了代價！」

「那麼妳眞的知道她的死因？」我問。

「不，我什麼都不知道，我不想知道，也樂得不知道。感謝老天爺，她終於脫離苦海了！」

「但是妳剛才說——」

「她離開碧廬的原因嗎？啊，沒錯，她不可能留下來的。妳想想看，她是家庭教師呀！其他的我只能猜測，到現在也是一樣。我猜想的情況眞的會讓人膽怯啊。」

「再怎麼樣也沒我想像的可怕。」我說。我相信自己必然表現出心裡眞正的想法，既挫敗又絕望。我的頹喪再次引發她的憐憫，而她再次表露的溫情終於擊潰了我。

和她上次一樣，我也忍不住哭了出來。她將我拉向她慈母般的懷裡，我的淚水一發不可收拾。

「我辦不到！」我心灰意冷地啜泣，「我救不了這兩個孩子，也保護不了他們！情況比我想像的更困難，他們沒有希望了！」

Chapter 8

第八章

我告訴葛羅斯太太的話句句屬實，唯其中當然有些我不確定的細節和推測。稍晚，我們懷著依舊忐忑的心情再次見面，對於自身的責任以及該如何力抗異象有了共識。就算保不住別的，我們也一定要保持鎮定，這不容易，何況兩人要面對的是如此不可思議的事件。那天深夜，在碧盧一屋子大小全睡著後，我們再次在我的臥室裡討論，逐項確認所有疑問，確認我是否眞看到了我聲稱的景象。

我發現，只要我提出反問，就足以打消她對我是否無中生有的懷疑，我能夠詳細描述我所見人物的外貌、細節和特徵，栩栩如生地呈現在她面前供她指認。葛羅斯太太表示不想繼續討論——這我不怪她。我立即向她保證，我之所以這麼熱切追究，也是爲了早日從恐懼中抽身。我表明看法：我們必定會再次看到異象，我應當習慣險境，而我個人安危已經不是我心裡最重要的考量。教我無法忍受的是新生的猜疑。

夜深後，我的心情才逐漸穩定下來。

當天，在第一次找葛羅斯太太說出最新經歷後，我當然回頭去陪伴兩個學生，這對可愛小兄妹是治療沮喪的良藥，我知道他們能帶給我正面的力量，從不會讓我失望。簡單來說，我又回到芙蘿拉的小世界，讓我驚喜的是她竟然用小手直接碰觸我的痛處，而且不是無意識的動作。她帶著深思的甜蜜表情，責備我「剛才哭過」。我本以爲自己早抹去淚痕，也知道自己餘悸猶存，但那一刻，小女孩溫厚的善意仍然給我帶來喜悅。看著芙蘿拉深邃的藍眸，我怎能說她眼底的純眞是早熟的詭詐？這未免太諷刺，我寧願放棄自己稍早可能出自於驚慌的判斷。可我不能光這麼想，我必須告訴葛羅斯太太——那天深夜我也一次又一次地告訴葛羅斯太太——聽著小兄妹的聲音，擁著他們，把臉貼向孩子粉嫩的臉頰；與他們的美與無邪相較，凡事都不再重要。然而可惜，爲了徹底釐清眞相，我不得不細細回想下午在湖邊的經歷。種種跡象雖不明顯，但我沉著的應對誠屬難得。我勉爲其難地重新分析當時的感受，發覺孩子與潔賽兒小姐之間彷彿有某種無法解釋的默契，似乎已成了習慣。我儘管不情願，仍不得不再次考慮，當場，就在我驚慌失措的同時，孩子是否和我看到葛羅斯太太那樣清楚地看到那名意外的訪客，甚且爲了誤導我才不動聲色，讓我懷疑自己是否眞的看到人影！雖非出於自願，我還是必須再三敘述她爲了分散我注意力而想出來的新遊戲，她的動作明顯過於專注，一邊唱歌、一邊說些沒有意義的話，嬉鬧地邀我參加。

然而，若非縱容自己去證明其中無假，那麼我絕對會錯過兩三件值得慰藉的事。比方說，我勢必無法信誓旦旦地在我的朋友葛羅斯太太面前表示我沒有背離自己的良心；無法在情勢所逼，在我眞不知該怎麼說明的……迫切心情下逼迫女管家坦誠吐實。在壓力下，她陸續述出故事，只是當中的隱瞞曖昧令我無法盡信。我記得當時大家皆已睡下，我們的警覺好像也起了作用，是該揭開眞相的時候了。

「這麼可怕的事我沒辦法相信，」我記得我說：「不，親愛的葛羅斯太太，我眞的不相信。倘要我信，有件事我定得知道，妳不能繼續隱瞞，再少都不行，說出來吧！邁爾斯回家之前，我們收到學校寄來的信，心情都很低落。在我追問之下，妳表示妳沒說邁爾斯不會使壞，妳當時心裡藏了什麼祕密？在我和他相處的這幾星期當中，我觀察到他確實不曾使壞，他的表現沉穩，聰明善良又惹人疼愛。所以說，妳一定是看到過什麼不對，才會那麼說。妳究竟看過他什麼表現？妳當時那麼說是什麼意思？」

我的問題尖銳又嚴肅，但我們本來就不是在談笑。最後，在破曉的光線迫使我們分頭就寢之前，我終於問出了答案。葛羅斯太太當時的想法正是這回事。昆特和小男孩相處了好幾個月，她認爲這樣親密的交情不妥，想出言批評，甚至也向潔賽兒小姐主動提起。而潔賽兒小姐的態度詭異，要葛羅斯太太別多管他人閒事，於是我們好心腸的女管家直接找上邁爾斯。經不起我一再逼問，她才表示她當時說的，是要小少爺別忘了自己的身分地位。

我當然要繼續問下去，「妳告訴他昆特只是傭人？」

「妳說得是！首先是他回應的口氣很差。」

「接著呢？」我等她說話，「他把妳的話告訴昆特是嗎？」

「不、不是那樣。是他不肯說！」她這一說，我更想聽了。她說：「我相信他沒說，但是他否認了某些事。」

「否認什麼？」

「比方說，他和昆特在一起的時候，經常把昆特當老師般崇拜，而潔賽兒小姐就只照顧小芙蘿拉。我想說的是，他每次和那傢伙出去就是好幾個小時。」

「然後他會敷衍妳，說他沒和昆特出去？」她顯然同意我的猜測，於是我接著說：「我懂了。邁爾斯會說謊。」

「唔嗯！」葛羅斯太太發出個含糊的聲音，表示她不覺得這算得上什麼大事。她用另一句話來解釋：「潔賽兒小姐不在意，也沒禁止邁爾斯和昆特相處。」

我想了想，「邁爾斯拿這當藉口嗎？」

聽我這麼說，她又不想提了。「沒有，他沒這麼說。」

「他沒說起潔賽兒小姐和昆特之間的關係？」

她聽出我問題的含意，漲紅了臉。「嗯，我看不出來。他不承認，」她重複地說：「就是否認。」

天哪，我一定得逼出答案！

「這麼說，妳看得出他知曉那兩人之間有不可告人的關係？」

「我不知道——我不知道！」可憐的葛羅斯太太喃喃低囔。

「妳明明知道的，」我說：「只是不像我這麼直率。妳太膽怯老實，所以不敢明說，之前沒有我，妳只能暗自摸索，日子必定很煎熬。妳現在有我幫忙了！妳從那孩子的表現可以感覺得到，」我說：「他在替那兩個人掩飾。」

「哦，他哪可能阻止——」

「阻止妳得知眞相？對吧！可是，天哪，」我拚命思考，「這表示他們把邁爾斯也帶壞了！」

「拜託，沒這回事！」葛羅斯太太難過地懇求我。

我仍然不放過。「難怪當我提起學校來信的時候，妳表現得那麼奇怪！」

「妳才奇怪！」她大聲反駁，「如果他眞那麼壞，現在怎會這麼乖，像個小天使一樣？」

「妳說得沒錯，而且他還在學校留下惡名！怎麼會這樣？」我煩躁地說：「過幾天妳要記得再問我，我現在還說不出來。記得，一定要再問我！」

聽到我近乎嘶吼的語氣，葛羅斯太太驚訝地看著我。

「有些線索我目前還不能放手。」這時候我重提她最早提起，有關邁爾斯偶爾會失言的例子。「在妳仗義直言昆特是個下人時，我猜，當時邁爾斯說的應該是『妳也是下人』，對吧。」

見她默認，我又說：「妳能原諒他說這種話？」

「妳難道不會原諒他？」

「啊，當然會！」

在寧靜的深夜裡，我們兩個都笑了出來。我接著說：「他和那男人那麼親密——」

「芙蘿拉小姐和那女人也很親密。他們對這種安排都很滿意！」

我也滿意，只不過太滿意了。我要說的是，這和我心裡陰沉的想法不謀而合，然而我拚命阻止自己往那方面想。我成功壓抑下這些念頭，準備拋在一旁，從葛羅斯太太最後那句話當中，我找不出別的意思了。

「我承認，我沒想到會從妳口中聽到邁爾斯會說謊、會失禮，但是，」我沉思了一會兒，「今後我會更加注意這一點的。」

下一分鐘，看到她臉上的表情，我才發現她早已毫無保留地原諒了邁爾斯，這讓我羞愧。她說這故事，其實是希望我碰到相同狀況時也能溫暖對待孩子。

待要離開教室，她說：「妳不會去責備他吧……」

「責備他沒對我提起他和昆特的交情？要知道，在掌握更多證據之前，我絕不會去指責任何人。」

在她關上門走向自己房間之前，我說的最後一句話是：「我會耐心等待。」

Chapter 9

第九章

我等了又等，光陰一天天消逝，逐漸帶走我的恐懼。事實上，在這段孩子陪伴下的時光中，有幾個日子甚至像海綿拂過般，讓恐怖的念頭和駭人的回憶不復存在。我說過要主動臣服於他們的純眞，但若由於疏忽而未能實踐，後果恐怕可想而知。這事怪得連我也說不出個所以然來，我盡了全力想忘卻自己的新發現，若非這番掙扎成功，我勢必得承受更大的痛苦。我納悶地想，不懂我兩個學生爲何沒猜出我對他們的疑慮；這些猜疑讓我瞞著他們，默默投入了更深的注意力。我擔心他們會看穿，若眞如此，情況將演變得更無法控制。儘管我經常這麼想，他們毫不造作的天眞無邪卻更值得我冒險一探究竟。

有時在衝動之下，我會緊緊將小兄妹抱在懷裡。每當這麼做，我便自問：「他們會怎麼想？我是否透露了太多心事？」我的心情太容易起伏是沒錯。但我覺得，就算是這樣安詳的時刻，我仍然害怕孩子欺騙我，擔心他們迷人特質實出自精心策畫。我恐懼的是，這種情緒上的爆發可能引他們起疑，我也記得自己懷疑他們日漸濃厚的情感表達是否有異。

那段時日小兄妹對我熱情得出奇，畢竟我經常彎下身子擁抱他們，孩子自然會如此溫暖地回應。他們淳厚的善意成功地安撫了我，我從來沒辦法證實這是刻意的舉動。我認爲他們盡了一切心力來回報辛苦的家庭教師，除了不斷進步的學習成果以外，他們還會逗老師開心，爲老師讀書說故事、從暗處冒出來嚇唬老師、一起比手畫腳猜字，還會假扮成動物或歷史人物。最讓人驚喜的是，孩子不但學得了知識，還能夠複誦。我就算想，也無法以足夠言語來誇獎我的學生，這些日子裡，我鉅細靡遺地觀察我的學生。

從一開始，他們在每一門科目便有優秀的表現，成績極爲亮眼；對課業表現出熱切的學習精神，而且記憶力奇佳無比。他們不只會在我面前扮演老虎或羅馬人，還會演出莎翁劇中人物、天文學家甚至航海家。他們如此傑出，讓我完全沒提起爲小邁爾斯換所學校就讀的想法；對於這一點，我至今仍無別的解釋。我記得自己當初樂得避開這個話題，而這種想法，必定來自孩子令人驚異的聰穎表現。一介平凡的家庭教師——像我這樣一個鄉下牧師的女兒，不可能寵壞這孩子。我當時浮現的異樣感覺是，若自己能鼓起勇氣探索，大有可能找出在背後指使這孩子的邪惡力量。

這麼聰明的孩子爲何比別人晚就學，就像邁爾斯的校長將他退學、拒他於校門一樣，都是難解之謎。即便和他們朝夕相處，並且刻意不讓他們離開視線範圍，我依舊找不出問題。我們的生活中只有音樂、愛心、學業成就，和私底下的戲劇演出。邁爾斯、芙蘿拉對音樂都極有天賦，小男孩更是才華洋溢，幾乎過耳不忘。教室裡的鋼琴傳來絕妙的樂聲，而音樂間歇之後，孩子會在角落交頭接耳，接著其中一人興高采烈地走出教室，換個嶄新的身分後才再走進教室。我自己也有哥哥，知道小女孩會把兄長當偶像崇拜，可讓我驚訝的是世上竟有小男孩貼心對待一個年齡、智力都不如自己的小女孩。他們幾乎融爲一體，若說他們只是從不爭吵或彼此抱怨，這種讚美未免粗淺。某些時候，當我以粗淺的眼光觀察時，我會覺得小兄妹倆似存有某種默契，一個孩子纏住我，另一個則趁機溜走。我猜，任何策略都有天眞的一面，就算我的學生有意矇騙我，其中必定也無惡意。然而，在這段平靜的時光過後，駭人事件又再次出現。

雖然猶豫，我仍不得不大膽面對。這次的恐怖事件挑戰了宗教信仰，雖未造成我太大困擾，就另一方面而言，卻讓我體驗到前所未有的驚嚇。如今回想，遭遇這件事無異是折磨、是痛苦的底線，但至少我直搗核心，況且，若我想走出陰霾，最好的方式便是勇往直前。

一天傍晚，那晚我沒有其他計畫——只覺得心神不寧，陣陣寒意湧了上來。正如稍早提過的，我在來到碧廬的第一晚也有相同的感覺，但沒這麼嚴重，若我日後沒遭遇這麼多難解之謎，印象也不會如此深刻。於是就寢前，我藉著燭火看書。碧廬的圖書室有豐富藏書，舊書當中有上個世紀的小說，這些書並非名家名著，而我當時年輕，這處偏僻大宅的收藏不免會引起我的注意。我記得當時我手上拿的是費爾丁的《艾美莉雅》②，而且清醒得很。我記得當時已值深夜，未著意看錶確認時間。芙蘿拉床上掛著當年流行的白紗簾，我記得小床的紗簾放了下來，自己稍早也確認孩子睡得香甜。儘管沉迷在作者的文字當中，翻頁時我竟抬起頭來盯著房門看。我側耳聆聽，想起來到碧廬第一夜同樣聽到的模糊聲響，同時注意到微風吹進窗扉，半攏的窗簾跟著飄動。我接下來的舉動若有人當場目睹，絕對會大感佩服。我放下書，起身拿著蠟燭走出房間。手上的燭光微弱，我站在走廊上，轉身鎖上房門。

至今我仍不知自己哪來的決心，也不曉受了什麼力量牽引，然而我就這麼高舉蠟燭走向門廊，來到樓梯轉角上方的大窗邊。這時突然發生三件事。這三件事幾乎同時發生，唯仍有先後順序。首先是我手上的蠟燭一閃之後瞬間熄滅，接著是曙光從窗口照了進來。如果沒有晨光，我接下來不可能全身僵硬地看到階梯上站著一個人。我依序交代這三件事，其實我在幾秒鐘內就看到了昆特。這是我第三度看到他。他已經上到階梯轉角的平臺，就在窗前，而一看到我，他立刻停下腳步，盯著我看的眼神和前兩次，也就是在塔樓上和在花園裡時，幾無兩樣。他認得我，我也認得他。薄曦微光穿過大窗，映在拋光橡木階梯上，我們面對著面，氣氛緊繃。在那一刻，他絕對是個活生生的、令人厭惡又充滿危險的人。然這還不打緊，最弔詭的是當時我心中的恐懼完全消失，我不但可以正面看著他，甚至還可以打量他。

看到他讓我急躁又憎惡，但感謝老天，我絲毫不覺得驚恐。而他也知道，我瞬間就曉得他知道。我當時信心十足，認爲自己只要站穩腳步——即便是短短的一分鐘——就可以讓他打消念頭。在那一分鐘之間，昆特既像活人又引我反胃。我厭惡他，因爲他已非活人，且當整屋子人都在沉睡的凌晨時分和我單獨相遇，

②《艾美莉雅》（*Amelia*）是英國小說家費爾丁（Henry Fielding，1707～1754）於一七五一年的作品，探討婚姻及女性的智慧。

又像是一息尚存的敵人、擅闖者或是罪犯。我們互相瞪視，默不作聲，有限的距離令人顫慄，空間中瀰漫著邪惡之感。如果我在此時此地撞見了謀殺犯，我們還可能交談，雙方就算不說話至少也會移動腳步。而這漫長的一刻卻讓我懷疑自己是否還活著，除了說沉默展現了我的力量之外，無法作任何解釋。

我親眼看著昆特迫而消失，我看著這個卑賤的惡人彷彿遵照主人指令似的轉身，以變形的後背對著我，繞過樓梯的下一個轉角，消失黑暗當中。

Chapter 10

一 第十章 一

在樓梯頂端站了一會兒，心裡明白那名不速之客已經離去。他走了，於是我回到臥室。離開之前沒吹熄房裡的蠟燭，就著燭光，我立刻發現芙蘿拉的小床上沒有人。我五分鐘前還能忍著，此刻卻驚駭地屏住呼吸。我衝到孩子的小床邊，絲質床罩和床單凌亂，白色紗簾被人刻意往前拉，似有意掩飾。

我的腳步聲引來回應，眞不知該如何形容心中大石頓時落地的感覺——百葉窗後有動靜，臉色紅潤的小女孩從另一側彎身鑽了出來。芙蘿拉坦蕩蕩地，穿著單薄的睡衣站著，一雙赤腳粉嫩，金色鬈髮隱隱發光。她顯得異常沉重，我則從來沒有這種感覺：我本還因爲和昆特遭遇占了上風而得意洋洋，轉瞬間卻失去了氣勢。她責難地問我：「妳太不乖了，妳剛才究竟跑到哪裡去了？」這讓我非但沒問起她的作息習慣怎會異於平日，反還急於爲自己辯駁。芙蘿拉倒是以甜美又簡潔的方式解釋，她夜裡突然醒來，看我不在房裡，於是跳下床想找我。

看到她出現面前，我高興得癱坐在椅子上，瞬時——不過也就只有那一瞬間，感覺到一陣暈眩。芙蘿拉奔過來跳上我膝頭，燭光照亮了她依舊睡意朦朧的美麗小臉龐。我記得自己閉了閉眼睛，心甘情願地臣服在孩子美得驚人的閃爍藍眸下。「妳跑到窗邊去找我？」我問道：「妳以爲我會到花園散步？」

「嗯，我以爲有人在外頭散步。」她面帶微笑回答，絲毫不顯心虛。

我驚訝地看著她，「妳看到誰？」

「結果什麼人也沒有！」她答話方式充滿孩子氣的矛盾與不甘，雖是失望，說話時拉長的尾音委實甜膩動人。

以當時的心情，我相信她在說謊。我想到另外三、四種可能的解釋，不由得又閉了閉眼。其中一種解釋讓我無法克制地一把抓住小女孩抱在懷裡，芙蘿拉沒有抗拒也沒受到驚嚇。我心想，何不乾脆看著這張甜蜜的小臉蛋，直接和她把事情攤開來說清楚呢。「妳啊妳，妳明知自己在做什麼，也懷疑我早已知情，乾脆老實告訴我吧。這麼一來，就算事情再怪，至少我們可以一起面對好查清事實，不是嗎？」可惜我沒說出口。如果我當下眞問出口，也許不會飽受折磨……你日後便知。

我只站起身子，看著她的小床，無可奈何地說：「妳爲什麼要把紗簾往前拉，害我以爲妳還躺在床上？」

芙蘿拉想了想，隨後又帶著天使般笑容說：「因爲我不想嚇到妳！」

「可是如果照妳最早的說法，說我不在臥室裡……」

小女孩完全不想傷腦筋回答。她看著燭光，把我的話當作毫不相干的問題，或是說，當作兒童教科書作家馬賽特夫人的提問，抑或是無趣的九九乘法表。「可是啊，」她的回答很適切，「妳可能會回來，親愛的老師，而妳不也回來了嘛！」沒多久，送她上床後，我在她床邊坐了許久，好證明我回來得正是時候。

日後，每夜的情況可想而知，我經常熬夜，不知幾點才能入眠。在確認和我同房的芙蘿拉入睡後，我會溜出臥室，靜悄悄地來到走廊，有時甚至會走到我遭遇昆特的地點，可是再也沒看過他，在碧廬任何一個角落都沒看到他。我唯一錯過的是另一樁怪事。

有那麼一次，我站在樓梯上方，看到有個女人背對著我坐在下方階梯上，她彎著身雙手抱頭，肢體表情哀痛。我才剛到，她便消失了蹤影，沒有回頭看我。然而我知道她的臉孔必定恐怖。如果我當時在下而非在上，我懷疑自己當時能否有面對昆特的勇氣。無論如何，接下來需要勇氣的日子很多。到了我遇見那男人後的第十一夜——如此夜夜計算，我又遭遇另一次驚魂，而這次，由於事出意外，竟讓我感到毛骨悚然。一連守候了好幾個夜晚，這夜我首度放下戒備，在往常的時間就寢。我上了床立刻睡著，醒來時已是凌晨一點——我事後才知道時間。我一醒來便立刻坐直身子，像是被人搖醒般地清醒。入睡前我留著一支蠟燭沒吹熄，可這時燭光滅了，我覺得是芙蘿拉吹熄的。於是我站起來，在黑暗中走到她的床邊，發現她不在床上。我瞄了大窗一眼便明白了，接著擦亮火柴好把這一幕看清楚。

芙蘿拉又爬了起來，這次，在吹熄燭火後，她不曉得是想看或想回應什麼，把身子擠到百葉後，看著窗外的黑夜。無論我重新點亮蠟燭，或套上脫鞋、披上外衣，小芙蘿拉都沒有分神，證明這回和上次不同，孩子的確看到了什麼景象。她顯然是躲在窗臺上，全神貫注地朝向外推開的窗口看，此回清朗月光爲她帶來充裕的光線，這使得我立刻得到結論：芙蘿拉和我在湖邊看到的影像正面對著面，開始和對方溝通。而我能做的是在不驚動孩子的前提下，穿過走廊去找扇能看到相同景象的窗戶。我躡手躡腳走出臥室後關上門，站在門外想聽她是否有動靜。我站在走廊上，正好看到距離十步之外她哥哥的房門，這時我又感覺到可稱之爲「誘惑」的衝動。我是否該直接走進去，從他的窗口往外看？萬一引起他的好奇，又透露出我的動機，那麼衝動的行爲會不會讓整個謎團更難解釋？

這念頭讓我跨入他房門後便停下腳步，一面聽，一面猜測各種不祥的可能性。邁爾斯的床上很可能空無一人，他和妹妹一樣，也躲著偷看。這一分鐘安靜又漫長，我想他也可能毫不知情，冒這個險太不值得，於是我轉身離開。花園裡有異，有人在暗中尋覓，芙蘿拉和來者有了互動，但這名不速之客和我的邁爾斯無關。我又開始猶豫，爲的是別的事，而且沒多久便下定了決心。碧廬裡有空房，問題是得選對地方。正確的房間在樓下，可位置仍比花園高，是我稍早提過的舊塔樓一樓。那間方方正正的大房間擺設和臥室一樣，由於太大，所以多年沒有使用，但葛羅斯太太仍將房間整理得井然有序。我經常進這房間欣賞，知道該怎麼去。

這個廢而不用的空間先是帶給我一陣寒意，我走進去，盡可能安靜地打開一扇百葉窗，沒發出聲響便把臉貼湊向窗玻璃。當時外頭比房裡亮，我先確認自己的方向是否正確。隨後我才看到別的影像。在格外明亮的月光下，有個人似乎著了魔，一動也不動地站在遠處草坪上抬頭朝我看過來，他的目光沒落在我身上，而是在高處。顯然我上方，也就是塔樓上——另有他人！我急急忙忙跑出來看，完全沒料到草坪上的人竟非我意想中的人。我一眼認出那是可憐的小邁爾斯。

Chapter 11

第十一章

直到第二天，我才向葛羅斯太太說起這件事。我一心想監看我兩個學生，很難找出和她私下碰面的機會，加上我們兩人越來越覺得不應主動挑起這個話題，無論是在僕傭或孩子面前都一樣，不能讓他們懷疑我們之間有祕密，或是我們在討論任何神祕事件。從她面面俱到的舉止看來，我確實可以放下這顆心。她的面容從未流露出聽我說過恐怖事件的表情。我知道她相信我，全心全意地相信。少了她的信任，我不知自己會成什麼模樣，因爲我不可能獨自承擔這回事。

葛羅斯太太的幸運之處在於她缺乏想像力，且是這類人物的最佳典範：她在這兩個孩子身上只看得到美麗、可愛、快樂與聰穎的特性，完全看不見引發我痛苦的因素。如果小兄妹有病容或倦態，她也會跟著憔悴。事實上，每當她和藹地用健壯雪白的手臂環住孩子時，我可以感覺到她默默感謝上帝，好像把兩個孩子當成殘破但仍堪用的易碎物。在她心裡，怪異的念頭全轉變成壁爐溫暖的火光，我有種感覺，只要安靜的日子過了幾天，她便會逐漸地相信邁爾斯和芙蘿拉終究有能力照顧自己，然後把所有煩惱丟回可憐的家庭教師身上。我認爲這倒也單純，我自己是絕對不可能透露出任何蛛絲馬跡，只不過這下子我反得擔心她是否也能掩藏情緒了。

我現在要說的是她在我不停催促下，來到露臺與我會面那一個小時的經過。這季節的午後陽光十分舒適，我們並肩坐著，和面前的小兄妹保持一段距離，雖然不算近，但孩子聽到我們高喊也能立即回來。邁爾斯和芙蘿拉在露臺下方的草坪上乖巧地來回踱步，腳步一致，走得很慢，哥哥一路大聲朗讀故事書，還伸出胳膊將妹妹摟在身邊。葛羅斯太太平靜地望著孩子，接著轉頭聽我敘述平和景象下不爲人知的另一面，這時我發現她其實勉強壓抑著情緒。我把葛羅斯太太當成傾吐對象，毫不避諱地說出駭人聽聞的情節。她對我的地位有種古怪的認同，似乎認爲我的成就和職務都高於她；這種耐心聆聽的方式令我覺得，若我保證巫婆的草藥絕對有效，她也會拿出乾淨的大鍋讓我調配祕方。我向她說出前一晚的經歷。我在難以想像的時間看到邁爾斯，當時，小男孩正好也站在腳下這片草坪上，我不想驚動別人，所以自己出來將他帶回屋裡。葛羅斯太太滿心同情，但我接下來的說法同引她有些懷疑，我帶邁爾斯回到屋裡，質問他爲何有這樣的舉動，孩子反應快到讓我驚訝。我在昨夜的月光下來到露臺，邁爾斯迎面朝我走過來，我一言不發地拉起他的手，牽著他穿過陰暗的空間，穿過昆特蠢蠢欲動尋找獵物（也就是邁爾斯本人）的樓梯，再沿著我之前邊發抖邊站著傾聽聲響的走廊，最後走進他無人的臥室。

我們一路沒有交談，我心想——啊，我眞的好想知道！——他心裡是否正在盤算，這次他得編個好藉口來掩飾自己的困窘了，這次，我有莫名的興奮，覺得自己占了優勢，我總算親手逮到他這種難以解釋的行徑！他不能繼續佯裝天眞，那麼他對自己的行徑會如何辯駁？想到這裡，我的情緒也跟著激昂起來，但我隨即轉念：那麼我自己呢？我又該如何解釋？我終於走到不得不面對自己恐懼的局面了。

我們走進他房裡，這晚他的床鋪沒人用過，月光從窗口照了進來，不必點起蠟燭也能看得清楚。我跌坐在床沿，意識到邁爾斯就像人說的「抓住了我的把柄」，而且孩子自己心知肚明。若我繼續堅持那套舊俗：孩子盲目迷信或恐懼，罪責乃落在照顧他們的大人身上；那麼以邁爾斯的聰明，他想怎麼做便能怎麼做。沒錯，這下子我的確是受制於他，並且進退兩難，日後若有人暗示先引來亂象、讓我們師生陷入如此險境的人是我，那麼有誰會來赦免我，讓我不至於遭到撻伐呢？不，沒有用的，向葛羅斯太太說這些根本毫無助益。若要告訴她我和邁爾斯在黑暗中的短暫衝突反教我佩服那孩子，同樣也沒有作用。

前一天夜裡，我對邁爾斯特別溫柔寬容，以前所未有的和順態度，伸出雙手搭著他的肩膀，靠在床邊質問他。除了直接開口詢問，我別無選擇。

「你一定得告訴我，而且要實話實說。你爲什麼到外頭去？去做什麼？」

時至今日，我依然看得見他迷人的笑容和明眸皓齒。

「如果我說了，妳會懂嗎？」

聽到他這麼說，我一顆心差點跳出來。他眞的會告訴我嗎？我想問卻發不出聲音，只能含糊地連連點頭。他風度十足，在我對他點頭的那一刻，他比以往任何時候都更像神話故事裡的王子。這聰穎表現讓我稍喘了口氣，他難道眞的要老實告訴我嗎？

「嗯，」他終於開口了，「我就是要妳這麼想。」

「怎麼想？」

「讓妳轉個念頭，覺得我是個壞孩子！」我絕對忘不了他說這話時甜美又愉快的語氣，也忘不了他說完話還彎身來親吻我。這等於是所有事件的總結。我接受了他的親吻，伸出雙手擁抱他，在那一刻努力克制，才不至於哭出來。他的說法讓我無法繼續追究，爲了證明我眞心接受他的說詞，我只能環顧四周，說：「你連睡衣都沒換？」

房間裡雖然昏暗，但他似乎閃閃發光。「沒有，我沒睡覺，醒著看書。」

「你哪時候下樓的？」

「午夜。我想使壞時就能變壞！」

「好，我明白了，的確很有趣。但你要怎麼確認我知道你下樓去了？」

「啊，我和芙蘿拉說好了。」他從容地說：「她會起床看窗外。」

「她的確是這樣沒錯。」

原來踏入陷阱裡的獵物是我！

「她會吵醒妳，然後妳將去看她究竟在看什麼東西，而妳果然看到了。」

「可你呢，」我說：「半夜跑到外頭吹風，這會生病的。」

他得意地附和：「否則我怎麼夠壞？」

我們又相擁一會兒，這次的事件和對話就此結束，而透過他的玩笑話，我因此更清楚這孩子有多靈巧。

Chapter 12

—第十二章—

儘管特地提起昨晚邁爾斯在我離開他之前所講的話，但我覺得葛羅斯太太對我在這天早晨的說法仍未能完全信服。

「他只用短短幾個字，」我告訴葛羅斯太太：「就解決了整件事。『妳想想，老師，想想我有什麼能耐使壞！』他這樣說是爲了證明自己有多聰明。他太清楚自己有什麼能耐。他肯定在學校裡做過這種事。」

「天哪，妳眞的變了！」我的管家朋友驚呼。

「我沒變，我只是明白了。錯不了的，他們四個肯定經常碰面。如果過去幾天妳和這對兄妹當中任何一個一起過夜，妳絕對也看得出來。我越是觀察就越確定，哪怕看不出別的跡象，光看他們怎麼保密就夠了。他們從不說溜嘴，對他們那兩個老朋友隻字不提，就像邁爾斯從來不說起自己遭退學一樣。哦，我們是坐在這裡看著他們沒錯，可他們也在我們面前盡情演出。在假裝沉迷童話故事的同時，他們依舊看得見那兩道由死亡走出來的影像。他不是在爲妹妹讀故事，」我說：「這對兄妹在討論他們，討論著駭人聽聞的事！我知道妳覺得我這麼講是瘋了，但我沒瘋，眞的。我目睹的一切可能會讓妳失魂，卻讓我清醒許多，更能理解其他事。」

我的清醒必定讓我模樣嚇人，偏偏兩個宛如受害者的孩子仍舊甜甜蜜蜜地勾在一起，於我面前來回地走，這讓葛羅斯太太有了堅定的信念。我能夠感覺到她有多麼堅定，無論我說得多慷慨激昂都無法打動她。她凝視著這對小兄妹，說：「妳還掌握了什麼證據？」

「怎麼著，不就是從前令我著迷，現在卻讓我奇怪又困惑的那些事啊。他們漂亮得出奇，乖巧得不像人間小孩。這全是遊戲，」我繼續說：「是策略，是騙局！」

「這兩個乖孩子設下的騙局？」

「這兩個和嬰孩一樣可愛的孩子嗎？是的，聽起來不可能，但的確如此！」說出這番話讓我更能仔細思考，細細拼湊出事件的全貌。「他們不是乖巧，而是對我們心不在焉。和他們相處之所以容易，是因爲他們活在自己的世界當中。他們不是我的，不是我們照顧下的孩子，是他和她的！」
「昆特和那個女人？」
「昆特和那個女人。他們想要這兩個孩子。」
哦，聽我這麼一說，可憐的葛羅斯太太不由得打量這對小兄妹來。
「可是，這是為什麼？」
「出自對邪惡世界的追求，在從前那段可怕的日子裡，那對男女灌輸孩子邪念，現在再次出現是為了繼續他們的惡形惡狀。」
「老天爺啊！」我這位朋友壓低聲音驚嘆。這聲嘆息簡單有餘，卻證實了她真心接受我提出的進一步證據，過去的日子必然比現在的事件更糟。她經歷過那段時日，她的附和無異支持了我對那對卑賤男女的看法。少頃之後，葛羅斯太太想起了往事，開口說：「那兩個敗類！只是，他們現在還能做什麼？」
「做什麼？」我重複她的話，音量大到讓經過我們前方的邁爾斯和芙蘿拉停下腳步看過來。「難道他們做得還不夠嗎？」我壓低聲音問道，這時兩個孩子面帶微笑，對我們點個頭送來飛吻，又繼續散步。葛羅斯太太和我都停了一下，接著我說：「他們會毀了這兩個孩子！」聽我這麼說，她果然轉頭看我，她雖然不說，我則看得出她不贊同，這讓我不得不把話講得更清楚。

「他們還不知道怎麼做，但正在努力嘗試。他們現在只能在一旁看，不是在奇怪的地點就是高處，比方塔樓、屋頂、窗外，或是水塘對面。不過他們雙方都想排除障礙好拉近彼此的距離，且遲早會成功。他們只要繼續險誘就夠了。」

「孩子就會上鉤？」

「會賠上性命！」我說。這時葛羅斯太太慢慢站起來，爲了周全起見，我小心翼翼地又說：「除非我們能有效預防！」

我沒有起身，她在我面前站了一會兒，顯然陷入思考。

「應該由孩子的伯父預防這種事，他得把孩子帶走。」她開口道。

「誰要去告訴他？」

她本來看著遠處，這時愣愣地轉頭看我，「妳呀，小姐。」

「寫信讓他知道他的房子有鬼，他姪子和姪女都瘋了？」

「如果他們眞的瘋了怎麼辦，小姐？」

「妳是說，我是不是眞的知道自己在做什麼？他要我負責照顧孩子，不讓他操心，由我這個家庭教師來通知他還眞是好消息。」

葛羅斯太太想了想，眼神又飄向孩子。「沒錯，他最討厭別人讓他操心，這是最好的理由了——」

「那兩個惡人爲什麼能欺騙他那麼久？不消說，他一定事事漠不關心。既然我不是惡人，就更不該欺騙他。」

葛羅斯太太想了半天，終於又坐下來，而且緊緊握住我的手臂。「無論如何都得請他過來看看妳。」

我瞪著葛羅斯太太看。「來看我？」我突然開始害怕，不知她會做出什麼事。「他來看我？」

「他應該來碧廬，應該要幫忙。」

我迅速站起身，我想，她理應沒看過我這麼糟的臉色。

「妳覺得我會請他跑這麼一趟？」不，從她看我的目光來判斷，她顯然不作此想。就像女人之間看得懂彼此的心思一樣，她知道我不想讓雇主有機會取笑我、輕視我，不想讓他以爲我不想獨自承受壓力，還設計吸引他注意。然而葛羅斯太太不知道的是，此點沒有任何人知道——我以履行他開下的條件來爲他工作爲榮。爲了防止葛羅斯太太擅自採取行動，我覺得最好還是出言警告。

「如果妳一時昏了頭，想告訴他，那麼……」

這時她害怕了，「那麼怎樣呢，小姐？」

「我會馬上離開，從他和妳面前離開。」

Chapter 13

第十三章

和孩子相處不難，只是要交談就超過我能力所及了，尤其在有限的空間裡，談話越是困難。

情況持續了一個月後益加惡化了，我兩個學生會刻意說些嘲諷的話語，且越來越尖刻。至今我的想法仍然沒變：當時的狀況絕非出自我的想像，而是確實有跡可循，孩子們知道我困窘，這種奇特的關係讓整個氣氛變得很微妙，並爲時許久。我不是說他們話中有話或是措詞不雅，即便是，也不至於構成危險。可我要說的是，我們師生之間有種說不出又摸不著的拉扯，這股力量太大，若不想辦法轉圜，衝突便難以避免。有時候，雙方之間像是有不停出現的障礙物，迫使我們不得不立刻停下腳步，而經這些不知來自何處的障礙一撞，我們原來大方敞開的門也就「砰」的一聲關上，令我們面面相覷。就像所有關門聲一樣，這聲音永遠比預期來得響亮。

和條條大路通羅馬的道理相同，我們無論上哪一門課、談什麼話題，都會遭遇到禁忌。這禁忌通常是亡者重回人間，特別是孩童對過世親友能保有多少回憶。我能發誓，有些日子，這對兄妹的其中一人會默默以手肘輕推另一人，說：「她以爲這次她就要說出口了，其實她才不會！」所謂的「說出口」，指的是我突然失控，貿然說出前任女老師的事。他們對我的大小事充滿興趣，什麼都想知道，要我一次又一次地說，結果是他們對我的一切瞭如指掌，從我最微不足道的經歷、我的兄姊、我家的貓狗、我父親古怪的脾氣、我家中的家具擺設，一直到我村裡老女人之間的對話，全都無所不知。只要講話速度夠快，又懂得該在什麼時候切入，這些事夠我們聊了。別的不說，他們就是有辦法牽動我的想像力、喚醒我的回憶。日後思索這些事，我都覺得自己暗中受到了監視。只要談起我的人生、我的過去和我的朋友，我們便能輕鬆聊天，有時，儘管時機不恰當，他們還是會突然講起這些事，引我在不知不覺中重複碎嘴老人的名言，或是牧師家的小馬有多聰明——而這些瑣事我明明已經說過了許多次。

這些轉折和另一些難熬的經驗，使我的尷尬處境越來越明顯。偏偏在那陣子，我沒再看到其他原本在意料中的異象，個人情緒因而稍有鎮定。自從那段守夜時日的第二夜在樓梯上方看到坐在階梯下方的女人之後——其實我覺得最好是沒看到她——無論是屋裡屋外，我再也沒有奇特的遭遇。經過轉彎處，我常希望碰到昆特，甚至既恐懼又期待能看到潔賽兒小姐。

夏天來了又走，造訪碧廬的秋日吹走了大半陽光，整片產業籠罩在蒼灰天空下，花朵凋零，落葉滿地，看來像是散場後的劇院，放眼只見棄置的節目單。那個季節的氛圍寂寥，我沉浸在這般情緒中，滿心說不出口的鬱悶久久無法排解，引我想起六月初在外頭初次見到昆特的那一幕，以及之後我看到他在窗口，衝到灌木叢中尋找他的徒勞經驗。我認得這些跡象和前兆，也認得時間和地點。但我看不到任何影像，沒受到驚擾——倘若年輕女人的敏銳度不減反增，也算是未曾受到驚擾。之前和葛羅斯太太討論起師生倆在湖畔的駭人遭遇時，我曾表示自己寧可保有這特殊的洞察力也不願失去。這個說法令她無比困惑。我遂就大聲吐出心裡真正的想法：無論這兩個孩子是否看到——畢竟我尚未掌握確切的證據——我寧願把自己當成他們的屏障，我已經準備妥當，有能力面對最壞的場面。我擔心的是自己的雙眼遭到了蒙蔽，而他們卻看得清楚。如今回想，顯然我當時的確看不見。若不為此感謝上帝似乎流於褻瀆，但可嘆啊，要我謝主確實困難，若非我篤定小兄妹倆暗藏著祕密，必會誠心誠意地感謝上帝。

我該怎樣探究當年哪段執迷不悔的歷程呢？我可以發誓，在我們相處的某些時候，我無法眼見，卻能感覺到小兄妹有熟人來訪，而且他們非常歡迎。我若非有所顧忌，怕造成比挺身而出更大的傷害，必會得意脫口說出：「他們在這裡，他們來了，你們這兩個小傢伙現在沒辦法抵賴了吧！」孰知我的學生變得更圓滑溫婉，以這種方式來否認不爭的事實，然而這事猶如水晶般透澈，他們的嘲笑和在清溪探出頭的魚兒一樣明顯。

老實說，讓我最震驚的莫過於那個夜晚，我以爲自己會在星空下看到昆特或潔賽兒小姐。我帶孩子回房休息，就在我凝視之下，孩子抬起頭來看我的表情原本應該可愛，不料竟和最早昆特站在塔樓上恐怖的神色如出一轍。若要說害怕，這一幕比任何景象都更令我膽戰心驚；那樣的精神狀況使我歸納出結論。這些想法不時糾纏著我，逼得我不得不把自己關在房裡，直截了當地對自己說出心裡話，這麼做能夠紓解壓力，可同時也讓我更消沉。我在房裡來回踱步，但那兩個惡名每每讓我崩潰。那幾個字一來到我的嘴邊便消失，我告訴自己，若眞的說出口，我無疑成了邪惡勢力的幫手，也破壞了任何課堂裡該有的規矩。我告訴自己：「連他們都懂得保持緘默，而妳如此備受信任，怎可輕易開口！」我知道自己漲紅了臉，只能雙手掩面。私下自語過後，我會比以往更多言，喋喋不休地直到另一次明顯的不祥感知「來襲」（我努力嘗試，但實在找不出別的詞語來形容這種情緒變化）——陣陣詭異的暈眩湧了上來，打斷平靜的生活，這和我們活動時發出的噪音，或是亢奮愉悅的鋼琴聲完全無關。這是那兩個外人登場的時候。這種時刻不是法國人口中「天使正好路過」的靜默，唯每當他們在場，氣氛會同樣尷尬，我渾身打顫，害怕他們傳達比我想像中更不堪的邪念給受害的孩子。

最不可能擺脫的殘忍念頭，是無論我看到什麼，邁爾斯和芙蘿拉看到的勢必甚於我；他們曾經分享過可怕的時光，期間定有駭人聽聞的情景。這些事自然停留不去，我們藉喧嘩來否認刺骨的涼意，在多次經驗之後，我們師生三人彷彿訓練有素般，看徵兆一出現便立刻喊停，不容事件繼續發展。讓人驚訝的是，每次遇到這種狀況，孩子——無論是哥哥或妹妹都一樣——都會以親吻來讓我分心，並且總藉詢問來度過尷尬時刻。

「妳覺得他什麼時候會來？我們是不是該寫信給他？」長久下來，我們發現這個問題最能化解大家的困窘。「他」指的當然是孩子們住在哈里街上的伯父，我們深信他隨時會來加入這個小天地。對於這股信念，對方從未表達過任何鼓勵的意圖，可若不這麼想，這場戲等於演不下去。他從不寫信給姪兒姪女，這可以說是自私，也可說是對我徹底信賴，因為，若女人能顧及到男人的歡樂與舒適，男人才會對女人致上最高敬意。

我告訴我的學生，他們寫信純粹是爲了練習，這也是爲了履行絕不打擾雇主的承諾。這些信寫得太好，我捨不得寄出去，收了起來作留念，直到現在還留在身邊。這說來諷刺，畢竟我們一直假設他隨時會到訪。我現在回想，當年我儘管緊張，他們儘管占了上風，但我從來沒失去過耐心，這著實難能可貴。如今想想，他們眞的惹人疼愛，我從來沒恨過這兩個孩子！然而，若是重負拖到更晚才解除，我的惱怒是否會潰堤？還好這不重要，因爲我即將得到解脫。我雖然稱之爲「解脫」，眞實狀況則更像是綳斷的線，或是悶熱天氣裡的狂風暴雨。至少一切有了改變，而且就在瞬息之間。

Chapter 14

第十四章

我們在某個星期日早晨步行上教堂，我把邁爾斯帶在身邊，小芙蘿拉則和葛羅斯太太走在前頭，不脫我的視線範圍。

經過好一陣子陰霾，那天首度清朗，夜裡的低溫讓路面結了霜，在明亮而稍涼的秋意中，連教堂鐘聲都顯得愉快。我突然有股怪念頭，我兩個學生如此服從，我是否該覺得感激？他們爲何從不憎惡我不留餘地的管束？但我想想，我簡直把邁爾斯當成我披肩上的別針，從來不讓他離開我，同樣的，芙蘿拉和葛羅斯太太如同我的前導部隊，我彷彿想防範任何反抗，像個隨時提防意外與脫逃事件的獄卒。不過孩子臣服的表現，純是莫測眞相的表面罷了。

邁爾斯這天特別穿上他伯父裁縫爲他訂做的華麗背心，襯托出孩子的氣宇軒昂，男性的身分和社會地位彰顯無遺，如果他突然要爲自己爭取自由，我也無話可說。我只是納悶，如果邁爾斯眞的起身革命，我該作何反應。我稱之爲「革命」，因爲我看得出這齣恐怖戲劇的最後一幕已經開演，災難即將出現。

「說說看，親愛的，」他的語氣動人，「請問我什麼時候才要回學校去？」

現在看著我寫下的這句話，似乎感覺不出任何殺傷力，更何況他甜美的語調與往常無異，無論與誰交談——當然特別是他絕不放手的家庭教師——他說話的方式猶若擲出朵朵玫瑰。他的話總能緊扣我的注意力，這時候我更是立即停下腳步，彷彿公園裡有棵樹橫倒在我面前。此時，邁爾斯和我之間的關係起了變化，他知道我有所察覺，而且他不必收斂天眞爛漫的態度，我同樣感覺得到。我一時語塞，找不到話來回應，我知道他已做好準備，明白自己占了上風。我遲遲沒作答，讓他有了充裕的時間。

一分鐘後，他帶著一抹不確定的微笑，繼續說：「妳知道麼，親愛的，要讓一名男士和一名女士永遠在一起——」和我說話時，他經常把「親愛的」這幾個字掛在嘴邊，這幾個字最能表達出我希望在學生身上看到的情誼，既親切又達禮。

可是，唉，當時我必須審愼回應！我記得，爲了爭取時間，我試圖以笑容帶過。孩子看著我，我似乎在他俊俏臉上瞧見自己的表情有多麼醜陋怪異。

「是同一位女士嗎？」我反問他。

他既不害怕也不畏縮，事實已然在我們兩人之間攤了開來。

「那當然，她是位很好相處的完美女士，但我畢竟是男人，妳還不明白嗎？嗯——再不去學校就晚了。」

我們在原地站了一會兒，氣氛平和。「是呀，再不去就晚了。」天哪，我好無助！一直到今天，我猶記得他似乎很清楚該如何戲弄我，這個想法讓我心碎。

「再說妳不能否認，我的表現一直很好，對吧？」

我伸手搭在他肩膀上，儘管覺得該繼續往前走，卻無法前進。「不，我不能否認，邁爾斯。」

「唯一的例外是那天晚上，妳知道的！」

「那天晚上？」我沒辦法直視他的雙眼。

「怎麼著，就是我下樓到屋外去的那次啊。」

「哦，對。可我忘了你爲什麼要出去。」

「妳忘了？」他的語氣充滿孩子氣，甜美誇張地責怪我，「是爲了要讓妳知道我也可以要壞啊！」

「唔，你確實可以。」

「而且我還能繼續耍壞。」

這時，我認爲自己或許可以冷靜思考。「那當然，只是你不會那麼做。」

「不會做同樣的事了，那算不上什麼。」

「的確是呢。」我回應道：「我們該走了。」

他邁開步伐和我繼續往前走，伸手勾住我的臂彎，「那麼，我究竟什麼時候才要回學校？」

爲了扭轉局勢，我以最負責的態度問道：「你在學校裡很快樂嗎？」

他想了想，「哦，我在哪裡都快樂。」

「那麼，」我的聲音打顫，「如果你在這裡也一樣快樂……」

「但是快樂不代表一切！當然了，妳的學識豐富——」

「你是想暗示我，說你懂得和我一樣多？」我趁他停頓時冒險一問。

「我連妳一半的學問都不想知道！」邁爾斯老實道：「但問題不在這裡。」

「問題是什麼？」

「嗯，我想過得熱鬧一點。」

「我懂，我懂。」教堂就在眼前了，我看見不少人，碧廬幾名僕傭站在教堂門口等我們先進去。我加快腳步，想在邁爾斯和我更深入討論之前走進教堂。我得思考，而在教堂裡他至少得安靜一個小時。

我急著想走向教堂裡昏暗的長椅，想跪在跪墊上尋求精神協助。我覺得自己在邁爾斯引起的混亂中賽跑，我們甚至還沒穿過教堂的墓園，他便說：「我想要有相同的人作伴！」

他這句話差點害我往前跳。「和你相同的人不多，邁爾斯！」我笑著說：「可能只有親愛的小芙蘿拉一個！」

「妳拿我和一個小女孩做比較？」

聽他這麼說，我只覺得虛弱。「你難道不愛我們甜美的芙蘿拉？」

「如果我不愛她——也不愛妳，如果我……」他喃喃重複，似乎蓄勢待發，正準備出擊。

然而他的話才說到一半，我們便來到了柵門邊，他伸手攔住我，我們不得不停下腳步。葛羅斯太太已經帶著芙蘿拉走進教堂裡，其他幾個人也跟了進去，在那一刻，老墓園中只剩我們兩個人。我們站在小徑上，身邊便是整列像桌子似的長橢圓形墓碑。

「所以，如果你不喜歡？」

我等著他回答，他卻望向墓園。

「嗯，妳很清楚的。」他動也不動，可竟說出讓我雙腳一軟，癱坐在石板上的話，「我伯父的想法和妳一樣嗎？」

我假裝在休息。「你怎知道我有什麼想法？」

「我當然不知道，因爲妳從來沒告訴過我。但我要問的是他知道嗎？」

「知道什麼，邁爾斯？」

「還有什麼？當然是知道我現在的狀況呀。」

聽到問題，我馬上明白無論怎麼回答均對我的雇主不利。但我覺得我們在碧廬誠已承擔了足夠的壓力，讓他受點傷也無妨。

「我認爲你的伯父不怎麼關心。」

聽到這個回答，邁爾斯站著凝視我，「那麼我們來讓他關心，好嗎？」

「要怎麼做呢？」

「當然是讓他來碧廬啊。」

「誰去請他過來？」

「讓我來！」這孩子愉快又堅定地告訴我。

再以同樣的眼神看了我一眼之後，邁爾斯獨自走進教堂裡。

Chapter 15

第十五章

我既然沒跟上去，這件事就該到此結束。臣服於煩亂之下固然可憐，但即便我知道，仍無法讓自己振作。

我坐在彷彿屬於我的墓碑上，反覆思索小邁爾斯話裡究竟有何含意，待我終於想通後，我給自己找了個藉口：爲了不在我學生和教友面前遲到而尷尬，我乾脆別出席禮拜。我不斷告訴自己，邁爾斯套出了我的話，對他而言，我的崩潰就是最佳證明。邁爾斯知道我害怕，可能會再次利用我的恐懼來達成他的目的，爭取更多自由。我害怕面對他爲何遭學校退學的問題，因爲事件背後有令人膽寒的陰影。他的伯父應當到碧廬來，與我一塊處理這些問題，嚴格來說，我應該高興才是，然而我無法面對這樣做帶來的難堪痛苦，於是一拖再拖，得過且過。雖然不安，我到底知道邁爾斯沒錯，也有資格對我說：「妳要不就和我的監護人去解決我爲何會遭退學的謎團，要不，就別再抱著期待。別以爲我會和妳一起生活，這不是男孩應過的生活。」我只是覺得不合理，這男孩何以突然看得這麼清楚，怎麼會有計畫——這才是眞正擊倒我，讓我無法走進教堂的原因。

我在外頭踱步，心裡充滿掙扎。經過深思，我認爲我自作自受，在邁爾斯面前已無地位可言，而且無法彌補，這時要我擠進長椅坐在他身邊未免太強人所難，他一定會比以往更有信心地勾著我的胳膊，要我貼在他身邊靜坐一個小時，而我一邊得默默想著剛才的對話。

打從他回到碧廬，我首度有了想遠離他的念頭。我在教堂面東高窗前停下腳步，聆聽傳出的頌禱聲，一股衝動油然而生，這股力量毋須鼓勵便能完全主宰我。我可以輕鬆脫身，脫離這場困境。眼前即是機會，無人會阻止我，我只需轉身離開，放棄一切。重點是收拾東西的動作得快。碧廬的僕傭全都上教堂了，家裡無人留守。沒有人能責怪我不告而別。如果要走，何必等到晚餐時間？再過幾個小時就是晚餐時間了，我可以清楚預見，到時候我那兩個學生會故作天眞，問我爲什麼沒進教堂。

「妳上哪裡去了呢？太淘氣了。妳爲什麼要讓我們這麼擔心？妳害我們心不在焉，知道嗎？妳是不是一走到教堂門口，就準備拋棄我們？」我無法面對這些問題，在他們提問時更無法面對那兩雙可愛的眼眸。然而這都是必然。我越想越篤定，終於決定離開。

想通了這一點，我直接穿過教堂外的墓園，努力循著來時路徑穿過公園。一走進碧廬時，我才知道自己心意已決。星期日這天屋裡屋外都很安靜，我沒遇見任何人，機會果眞難得。假如我動作夠快，便可以悄悄離開，什麼也不必說。除了動作得快之外，交通問題也得考慮。我記得自己當時在大廳，想到這些難題不由得開始煩惱，索性往樓梯口一坐，卻嫌惡地想起一個多月前那個鬼影幢幢的黑夜，我親眼看到那駭人的女人就坐在同一地方。這念頭使我立刻站起身來，沿著階梯走上樓，恍惚地走進教室裡去收拾我要帶走的物品。沒想到一拉開門，我嚇得睜大了雙眼，往後連退了好幾步。

正午陽光下，我看到有人坐在我的講桌後面。若非之前的經驗，乍看之下，我會以爲哪名女僕在家裡留守，利用這機會來教室用我的筆墨紙張，努力想給愛人寫封信。我之所以說「努力」，是因爲她兩隻手肘擱在桌上，疲倦地用雙手撐著頭。這一幕讓我覺得怪，因爲聽到我走進教室，她的姿勢仍維持不變。接著她換了個姿勢，這動作揭露出她的身分。她站了起來，這女人似乎沒聽到我走進來，而是沉浸在難以形容的哀傷當中，整個態度顯得冷漠又疏離。

碧廬那位放蕩的前任家庭教師距離我只有十來呎之遙。站在我面前的女人聲譽敗壞、處境淒涼，我盯著她看，想在這道影像消失之前牢牢記住。潔賽兒小姐身上的黑洋裝如同午夜般晦暗，她美得憔悴，有說不出的悲痛。她久久凝視著我，彷彿想表達她和我一樣有權坐在講桌後。在這個瞬間，我只覺得膽寒，侵入教室的人似乎不是她而是我。

我接下來的瘋狂之舉就是爲了抗議，向她抗議。

我聽到自己破口大喊：「妳這個可鄙、可悲的女人！」這個聲音從敞開的教室門口透過長長走廊，傳遍了空蕩蕩的碧廬。

她看著我，貌似聽見了我的吶喊，這時我已鎮定下來，也不再恐懼。下一分鐘，教室裡除了陽光之外，只剩下「我必須留下來」的想法。

Chapter 16

第十六章

我原以爲孩子們回碧廬時會問起我爲何沒去做禮拜，但他們既不指責也沒安撫，對於我的缺席連提都沒提，我當下不由忐忑起來。我發現葛羅斯太太同樣沒有作聲，於是端詳起她古怪的表情。我刻意仔細觀察，斷定這是小兄妹收買了她的嘴要她別多問，我則決定一找到機會私下碰面，便讓她老實說出來。

這個機會在午茶前出現，我和她在管家臥室裡獨處了五分鐘，於昏暗光線下和滿室麵包香之間，這位管家身處乾淨溫馨的房間內，強壓下痛苦，平靜地坐在火爐前。她靜靜地坐著，我從未看過這麼美麗的葛羅斯太太，她坐在直背椅上，在暮色中面對著爐火，像極了一幅值得私下收藏的影像，值得收進永遠打不開的上鎖抽屜裡頭。

「沒錯，他們要我什麼也別說。既然兩個孩子都在，爲了討他們開心，我當然答應。不過，妳到底怎麼了？」

「我只是陪你們走到教堂而已，」我說：「我回碧廬和朋友碰面。」

她的驚訝表露無遺，「朋友？妳的朋友？」

「那當然，我總得有些朋友！」我笑了出來，「孩子沒交代原因嗎？」

「妳是說，爲什麼要我別多問嗎？有的，他們說最好是別問，這麼一來妳才會高興。妳眞的希望我們別問嗎？」看到我的表情，她露出懊惱神色。

「不，我不喜歡這樣！」我隨後補上一句：「他們有沒有說爲何別問較好？」

「沒有，邁爾斯小少爺只說：『我們只做能讓她開心的事。』」

「我眞希望他說到做到！那麼芙蘿拉怎麼說呢？」

「芙蘿拉小姐太貼心，她說：『那當然，那當然！』於是我也只好那麼說。」

我想了想，才回道：「妳也一樣，太貼心了，我可以想像你們的這段對話。不過，我已經和邁爾斯把話講開來了。」

「講開來？」葛羅斯太太瞪大了眼睛，「你們講了什麼？」

「什麼都說了。沒關係的，我已經決定了。我回到家來，親愛的葛羅斯太太，」我繼續說：「是爲了找潔賽兒小姐說話。」

到了這時候，我已經能在開口前先掌握葛羅斯太太的情緒。我的話雖然讓她聽得猛眨眼，她仍保持某種程度的鎮定。「說話！妳是說，她開口說話？」

「她傳達給我了。我回到碧廬，發現她坐在教室裡。」

「她說了什麼？」這善良女人問話言猶在耳，我還記得她驚恐但坦率的語氣。

「她說，她備受折磨！」

這話不假，她聽出我的言外之意，驚訝地張大了嘴。「妳是說，」她結結巴巴地問：「在逝者的世界裡嗎？」

「在逝者、在受詛咒者的世界裡。就是這樣，她必須找人分擔……」這個驚悚的念頭讓我沒辦法把話說完。

葛羅斯太太實欠缺想像力，逼著我繼續說。「怎麼分擔？」她問。

「她要芙蘿拉。」如果我不是有備而來，葛羅斯太太可能會在我面前倒下。我拉住她，讓她知道我已經有了準備。「我早就告訴過妳了，不過這沒關係。」

「因爲妳早就打定主意了是麼，妳打算怎樣做？」

「能做的全都要做。」

「所謂『能做的』是哪些事？」

「當然是請他們的伯父過來。」

葛羅斯太太忍不住說：「哦，小姐，請妳務必請他過來。」

「我會，我一定會!·這是唯一的方法了。我剛剛說我和邁爾斯把話講開來了，他還以爲他占上風，其實他錯了，就等著瞧好了。是的，他的伯父要接手處理這件事，如有必要，我會當著孩子的面說。若老爺責怪我沒處理學校的事——」

「怎麼樣呢，小姐？」葛羅斯太太急著想知道。

「我會說，那是因爲背後的原因不單純。」

葛羅斯太太仍是一頭霧水，到底這事背後的因素太多，我不能怪她。

「究竟是什麼事？」

「不就是學校的退學信呀。」

「妳要把信拿給老爺看？」

「我早該在拆信後立刻交給他。」

「哦，不行！」葛羅斯太太堅定地說。

「我要把話講明白，」我絲毫不留情面，「那孩子遭到退學，我不能當他的老師——」

「但是我們一直找不出原因啊！」葛羅斯太太說。

「除了邪惡之外還有什麼原因？邁爾斯聰明可愛，簡直完美。他笨嗎？他邋遢嗎？還是他軟弱、他心眼壞？那孩子各方面都太優秀，所以原因只有一種，一切由此而起。無論怎麼說，」我說：「這都是他伯父的錯，因爲他讓那種人留在碧廬！」

「他並不眞的瞭解那兩個人，是我的錯。」她的臉色越來越蒼白。

「妳別難過。」我說。

「也不該由孩子來承受啊！」她斷然地回道。

我安靜了好半晌，和她四目相望。「那麼我憑什麼告訴他？」我說。

「妳什麼都不必說，讓我來。」

我想了一會兒，才又說：「妳是說，妳要寫信——」我想起她不識字，於是連忙打住。「妳要怎麼和他溝通？」

「我去找男僕總管，他識字。」

「妳想讓他寫下只有我們兩個知道的事？」

我雖然無意，偏偏這個問題的嘲諷意味十足，一會兒之後，她崩潰了。淚水湧上她的眼眶，只聽見：「唉，小姐，還是妳來寫吧！」

「好，就今天晚上寫。」在我終於這麼回答之後，我們才分頭做自己的事。

Chapter 17

第十七章

我說做就做，當晚真的提筆寫信。

天氣又回到原來的面貌，外頭秋風大作。我在房裡點起一盞燈，芙蘿拉在我身畔睡得香甜，我看著面前空白的信紙，聽著狂風雨水拍打窗子的聲音。最後，我終於決定拿起蠟燭走出去，穿過走廊，在邁爾斯房門口站了一分鐘，側耳傾聽。我擺脫不掉糾纏在腦海中的意念，努力想聽出他房裡是否有任何聲音證明他未入睡，好讓我當場掀開他的底牌。我確實聽到動靜，只不過和我預期的不同。他在房裡用清脆的聲音說：「我說啊，妳乾脆進來吧。」

屋裡陰暗，他的聲音卻顯得歡樂！

我拿著蠟燭走了進去，邁爾斯躺在床上，清醒得很，神色一派輕鬆。「啊，妳怎麼起床了？」他的應對圓融，我不免想，若葛羅斯太太也在場，無論她怎麼找，也不可能發現我們之間曾經講明過任何事。
我手持蠟燭，站著低頭看他，「你怎知道我在外面？」
「當然是聽到妳的聲音呀。妳以為妳沒發出聲響嗎？其實和一隊騎兵沒兩樣！」他發出悅耳的笑聲。
「所以你沒睡？」
「沒怎麼睡！我躺著想事情。」
我刻意把蠟燭放在不遠之處，當他朝我伸出手時，順勢坐到他床沿，問道：「你在想什麼？」
「除了妳，親愛的，我還能想什麼？」
「感謝你的厚愛，我真驕傲，但我寧可你好好睡覺。」
「嗯，我也在想——妳也知道的，我們之間那些稀奇古怪的事。」
我發現他的小手有力但冰冷。「什麼稀奇古怪的事，邁爾斯？」
「不就是妳教育我的方式麼，當然還有別的事！」
我差點喘不過氣，即便燭光微弱，仍足以照見他躺在枕頭上對我露出笑容。
「別的什麼事？」
「啊，妳知道，妳明明知道！」

我一時說不出話，但我知道，就在我握著他的手和他對望時，我的沉默無異於承認了他的指控。我們兩個人這一刻的關係，或許是這世上最微妙的一種。

「你當然得回學校，」我說：「就算你不想也得回去。你不會回到原來的地方，我們得幫你找另一所更好的學校。可如果你不說，絕口不提，我要怎麼確定你喜不喜歡？」

邁爾斯專注地聽我說話，有那麼瞬間，白皙的臉孔像極了兒童醫院裡哀傷懇切的病患，這個相似之處讓我寧可放棄世俗的一切，化身成負責療癒他的護士或修女。但即便如此，我現在或許仍幫得上忙！

「你從來沒在我面前提起你的學校——我是說原來的學校，什麼事都沒說過。」

邁爾斯似乎有些訝異，甜蜜的笑容依舊。他明顯爭取到一點時間，想等待指示。只是他求助的對象不是我，而是我見過的影像！

「我沒說過嗎？」他講這話的語氣和表情不知怎麼著觸動了我，我未曾感受到如此深刻的心痛。看到他在邪惡力量的桎梏下仍然保存著天真與純稚，小腦袋如此困惑還要拚了命想辦法應變，我眞有說不出的感傷。

「沒有，從你回到家到現在都沒提過。你從來沒和我聊起你的老師、同學或是學校裡發生的瑣事。小邁爾斯，你眞的什麼都沒說，也不曾暗示任何有可能發生過的事，所以你可以想見我眞的沒有半分頭緒。從我第一眼看到你以來，到今天早上你才講出來，在這之前我對你過去的生活幾乎一無所知。你似乎很滿意目前的狀況。」

奇妙的是，儘管他稍顯困惑，我依舊深信他那股難以理解的早熟（其實該說他受到荼毒，但我不敢明白指出影響他的是哪種邪惡的力量）讓我在交談時把他視爲年紀大一點的人，我覺得我們的才智幾乎要相當。

「我以爲你想這樣繼續下去。」我驚訝地發現這話竟使他臉紅。他像個略有疲態的初癒病患，虛弱地搖搖頭說：「我不想，不想。我想離開。」

「你厭倦碧廬了？」

「哦，不，我喜歡碧廬。」

「那麼你爲什麼——」

「妳應該知道男孩要的是什麼！」

我覺得我知道的不如邁爾斯詳盡，於是對這個話題頗有閃躲。

「你想去找你伯父嗎？」我問。

他甜美但帶著譏諷的小臉貼在枕頭上，聽我這麼一說，再次搖了搖頭道：

「妳不能這樣轉換話題！」

我好一下子沒說話，我知道這回輪到我臉紅了。
「親愛的邁爾斯，我沒打算轉換話題！」
「就算妳想也沒辦法。妳不能，妳不能！」他躺在床上，美麗雙眼瞅著我，
「我伯父得過來，你們兩位得解決這回事。」
「如果我們能解決，」我稍微恢復了些，「你應會被送到很遠的學校去。」
「妳還不懂麼，這才是我一直想要的。妳去告訴他，把該說的全說出來，妳有好多事得告訴他！」
此刻，他得意的語氣讓我不由得想從他身上問出更多細節來：「你呢，邁爾斯，你有多少事情要告訴他？他一定有不少話要問！」
他想了想後說：「挺有可能。但是他會問什麼？」
「問那些你從來沒告訴過我的事，好確定該拿你怎麼辦。他不能送你回原來的學校——」
「哦，我也不想回去！」他說：「我要一個新天地。」
他的態度沉著，語氣中有不容置疑的愉悅，連我也不得不敬佩。然而他這般表現令我難過，我擔心沉痛又超乎自然的悲劇重演，三個月後，這孩子可能以更丟臉的方式重新搬出這段說詞。我情緒激動，覺得自己不可能承受，於是拋下了

矜持。我俯身過去，溫柔又憐惜地將他抱進懷裡。

「親愛的小邁爾斯，親愛的小邁爾斯！」我把臉貼上去，他耐心地容忍我親吻他的臉頰。

「怎麼了，我的好老師？」

「你沒有事——沒有任何事想告訴我？」

他撇開臉去面對牆壁，和我見過的病童一樣抬起手看了看。

「我告訴過妳了，今天早上就說了。」

我眞的好爲他難過！「你要我別打擾你？」我說。

他轉頭看著我，似乎看出我對他的諒解，接著無比溫柔地回答：「別管我了。」

他的回答中透出某種奇特的肅穆之感，這使我鬆手放開他，慢慢起身後仍然在他身邊徘徊。天曉得，我從來沒想要嚇唬他，但當時我覺得若轉身棄他而去，無異是背棄他，或是更精確地說，是失去他。

「我已經動筆寫信給你伯父了。」我說。

「那好，趕緊把信寫完！」

一會兒之後，我才又說：「之前出了什麼事？」

他再次凝視我，「在什麼時候之前？」
「在你回到碧廬之前。還有，在你離家住校之前。」
他好一下子沒說話，並沒有挪開目光。
他終於開口：「出了什麼事？」——聽在我耳裡，這幾個字似乎首度透露出怯生生的自白之意，我不由得雙膝一軟，跪在他床邊，再次掌握住這個贏回他的機會。
「親愛的小邁爾斯、親愛的小邁爾斯，我眞希望你知道我多想幫助你！這是我唯一的想法，我寧死也不願傷害你。親愛的小邁爾斯——」
哦，就算太露骨，我還是要說出來：「我只希望你能幫我拯救你！」此話一出，我馬上知道自己的確說得太多。我要的答案立刻出現，且是隨著不可思議的狂風和冰寒而來。冰凍的冷空氣震撼著整間臥室，狂風幾乎要吹散窗戶。
小男孩的失聲尖叫淹沒在震耳欲聾的聲響中，儘管我在邁爾斯身邊，卻分辨不出他的喊聲是狂喜抑或恐懼。我又跳了起來，發現房間裡漆黑一片。
我們好半晌都沒有動，我環顧四周，看到放下的窗簾仍然整齊，窗戶依舊緊閉，接著我驚呼：「蠟燭怎麼熄了！」
「是我吹熄的，親愛的。」邁爾斯說。

Chapter 18

第十八章

翌日趁我們下課之後，葛羅斯太太把握時間小聲問我：「妳信可寫了麼，小姐？」

「寫了。」

只是我沒告訴她，寫好封妥的信還在我口袋裡，而且放了一個小時。待信差過來取信送到村裡之前，我還有足夠的時間。值得一提的是，我兩個學生在這堪稱典範的早晨裡表現極爲出色，小兄妹倆彷彿刻意想掩飾師生之間的摩擦。他們算術課上的表現幾乎勝過我，開起地理、歷史的玩笑更比平日還要精力旺盛。邁爾斯顯然是刻意表現，想要我知道他不費吹灰之力也可以讓我失望。在我印象中，這孩子的世界既美好，同時又悲慘，難以用言語形容；他動靜之間充滿雍容與自信，看在不知情者眼裡，他不是不懂事的孩子，而是坦率自在、心靈手巧的小紳士。我早已有警覺，不讓自己因眼見美好而蒙蔽心智，此外我還得克制自己的凝視和嘆息，免得吐露自己對這個謎團的不解：我實在不懂，這樣的小紳士究竟犯了什麼錯，怎會受到如此嚴厲的懲罰。這麼說吧，我的想法晦暗，認爲邪惡的力量對他敞開了大門……而我心中每一絲正義的念頭都在吶喊，要我找出邪念開花結果的證據。

這位小紳士則從來沒有這種舉動。我們在這個讓人心寒的日子早早用過餐，邁爾斯來到我身邊，問我是否想聽他爲我彈奏半小時鋼琴。大衛爲掃羅彈琴時③，恐怕也沒這等細膩，此作法無非是要展現他迷人的氣度，彷彿在說：「我們愛閱讀騎士故事，而眞正的騎士從來不會步步進逼，讓敵人斷了後路。我現在懂了，只要我們不去打擾妳，不跟在後頭監視妳，妳就不會打擾我、監視我，不會老是把我帶在身邊，允許我自由來去。妳瞧，我現在『來』了，可是我不會『去』！我們時間多得很。我眞心喜歡妳的陪伴，我只是要妳知道：我會堅持自己的原則。」我究竟是同意，還是拒絕他，不肯和他手牽著手走進教室呢？這其實不難

③聖經故事裡，大衛於比武中擊斃巨人歌利亞，受擁戴程度超過國王掃羅。心生妒忌的掃羅王千方百計欲除去大衛，大衛不生芥蒂，仍彈琴獻給掃羅王。

想像。他坐在老鋼琴前面開始彈琴，但他這天的表現和從前截然不同，若有人認爲他還是踢足球比較好，我只能欣然同意。因爲在他的演奏即將結束前，在琴聲影響下，我竟有種奇怪的感覺，以爲自己聽著聽著就睡著了。

當時是午餐後，我坐在教室的火爐邊，並沒有睡著，而是犯下大錯——我忘了。在這段時間，我忘了芙蘿拉人在哪裡。我開口問邁爾斯，他繼續彈了一分鐘才開口，簡短地說：「親愛的，我怎麼知道？」他說完話立刻開懷地笑，像是加入這首不協調樂曲的人聲合音。

我直接回我臥室，但他妹妹不在裡頭，接著在下樓之前，我也檢查了其他幾個房間。芙蘿拉既然不在房裡，必定是和葛羅斯太太在一起，我想到這裡便安了心，直接去找人。管家恰好坐在前一晚我看到她的位置，不過面對我焦急的詢問，她只顯得茫然呆滯。她以爲我在午餐後帶著兩個孩子離開，她沒說錯，因爲這天是我首次未有交代就讓小女孩離開我的視線範圍。我們理所當然地以爲芙蘿拉和其他女僕在一起，於是彼此不動聲色，迅速講妥便分頭去找人。

十分鐘後我們在大廳碰面，兩人都毫無所獲，任誰也沒找到這個我們共同監護的小責任。那一瞬間，我們四處張望，互看的眼神中只有不安。我可以感覺得到，葛羅斯太太默默還以我的焦慮，絕不亞於我加諸在她身上的緊張。

「她肯定在樓上，」葛羅斯太太說：「在樓上哪個妳沒找的房間裡。」

「不，她不在我們身邊，」我清楚地說：「她到外頭去了。」

葛羅斯太太睜大了眼睛，「連帽子都沒戴？」

我當然也瞪大了雙眼回應：「那女人不都沒戴帽子嗎？」

「芙蘿拉和她在一起？」

「孩子和她在一起！」我說：「我們非找到她們不可。」

我握住葛羅斯太太的手臂，她聽了這句話，久久之後才回應我的催促。但她說的是心中的不安：「那邁爾斯小少爺呢，他在哪裡？」

「哦，他和昆特在一起，兩個都在教室裡。」

「天哪，小姐！」

我知道我的看法冷靜，因此相信自己的音調也是如此。「這是他們玩的把戲，」我繼續說：「他們成功地騙過我。邁爾斯先耍個神奇的伎倆引我分心，然後芙蘿拉趁機跑了。」

「神奇？」葛羅斯太太困惑地重複我的話。

「那麼就說是『邪惡』的把戲好了！」我近乎愉悅地說：「他甚至爲自己也做好了準備。不管這些，我們走吧！」

她無助地抬頭看向樓上，「妳要把他留下來？」

「留在昆特身邊？沒錯，我現在不在乎了。」

這種時候她總會拉住我的手，這一拉，也拉住了我。我的退讓令她吃了一驚，接著她又焦慮地問：「是爲了那封信嗎？」

我飛快地摸摸口袋，掏出信，高舉著拿給她看，繼而把信拿到大廳擱放在桌上。

「路克會處理。」我邊說邊往回走，來到門邊一把拉開門，踏下門階。

葛羅斯太太依舊站在原地，前晚的風雨直到清早才停歇，這個陰天下午非常潮濕。看我沿著車道往前走，她站在門邊問道：「妳不披件衣服再出去？」

「孩子都沒披了，我還有什麼好在乎的呢？我沒時間穿外衣了，」我喊道：「如果妳要去穿衣服，那我先走。妳也可以再去樓上找找。」

「讓我和他們兩個在一起？」說完話，可憐的管家立刻追上我的腳步。

Chapter 19

第十九章

我們直接走到湖邊。碧廬老老少少都稱這裡爲「湖」，這稱呼確實好，可我就算旅行經驗不足，仍覺得這「湖」比較像一片池塘。我對池塘的認識本就有限，只有在學生的陪伴之下，才偶爾會來到碧廬這片池塘邊，坐上專爲我們準備的平底船遊湖，廣闊的湖面和起伏的波浪令我印象深刻。停船老位置離大宅約莫半哩遠，但我深信，無論芙蘿拉人在何處，都不可能離大宅太近。她偷偷溜開絕非只爲進行小規模探險，再說了，在我和她於湖畔共同經歷的事件過後，我便格外注意她喜愛的散步路線。因此，我這時才能帶著葛羅斯太太沿此方向往前走。葛羅斯太太看出我要帶她去湖邊，明顯有所抗拒且面露不解。

「小姐，妳要去湖邊？妳覺得她在水裡？」

「水雖然深，但她可能在湖邊，儘管那不是什麼好地方。我認爲她很有可能在上次我們一起看到奇怪影像的地方。」

「當時她假裝沒看到——」

「而且還沉著得令人訝異？我一直覺得她想獨自回去湖邊，剛才她哥哥爲她製造了好機會。」

葛羅斯太太仍未移動腳步，「妳認爲那些東西眞的會和小兄妹交談？」

我對我的答案有絕對的信心！於是我說：「如果我們聽到，他們的對話包準會讓我們嚇得魂不附體。」

「如果她眞的在湖邊……」

「怎麼樣？」

「那麼，潔賽兒小姐也會在？」

「那是一定的，妳等著看吧。」

「眞謝謝妳了！」葛羅斯太太大聲說，一動也不動地站在原地。我看她這模樣，立刻決定丟下她，自己去找人。

我走到湖邊，發現她依舊緊跟在後。我知道她認爲我會碰到怪事，但無論如何，有我作伴總比落單來得安全。最後我們總算看到寬廣的湖面，沒見著孩子的影子，葛羅斯太太鬆了口氣，輕呼一聲。

芙蘿拉既不在湖的這岸——也就是我上次驚訝地觀察她的位置，也不在對岸。湖那側有一小片大約二十碼長的濃密樹叢，一路延伸向水邊。這湖面是長橢圓形，雖長但窄，在看不到兩端的情況下，外人可能會把這裡當成一條河。我們看著湖面，此時我感覺到管家看著我，似乎有話要說。我知道她想說什麼，立即搖頭當作回應。

「不，等等！她把船划走了。」

葛羅斯太太看向空蕩蕩的停船處，再次眺望湖對岸。「那船在哪裡呢？」

「我們看不到船，這就是最好的證明。她八成划船到對岸去，然後想辦法把船藏了起來。」

「她一個人？那個小女孩？」

「她不是一個人，到了這時候，我們也不能說她是個孩子，而是個老女人了。」我繼續仔細觀察，而葛羅斯太太聽到我這番怪異說法亦不得不佩服。我指向湖面一處往內縮的小灣，那位置不明顯，又有湖岸和大樹的遮蔭，很可能是藏匿的好地點。

「可是如果船在那裡，芙蘿拉人會在哪裡？」葛羅斯太太憂心地問。

「我們就是要去查清楚。」我邁開步伐，開始往前走。

「繞過湖走過去？」

「沒錯。我們大概得走十分鐘，對孩子來說這段路嫌太遠，所以她直接划船過去。」

「天哪！」葛羅斯太太又是一聲驚呼，我的邏輯推斷對她來說太沉重，唯仍引她亦步亦趨地跟在我身後。這段路不好走，地面不平整，小徑上野草蔓生，走到半路，我停下來讓她喘口氣。我感激地用手撐著葛羅斯太太，保證她眞的幫了我大忙。

片刻休息後，我們打起精神繼續走了幾分鐘，最後在我猜測的位置找到船。很明顯的，平底船絕對是有人刻意藏了起來，還綁在岸邊籬笆的木樁上，方便下船。我看到一對木槳安全地收進了船上，不得不佩服小女孩的機靈。只是我在碧廬好歹也住了段時間，不是沒見過更讓人驚嘆的事。

我們穿過岸邊這道籬笆的柵門，再走了一小段路，才來到一片空地。接著，我們同時喊了出來：「她在那裡！」

芙蘿拉站在不遠處草地上對我們微笑，感覺像剛完成了一場精采的演出。接著她彎腰開始拔草，彷彿這就是她來到湖邊的原因，而且手上還拿著一大把醜陋乾枯的蕨葉。我相信她才從樹叢裡走出來，在這裡站著不動等待我們。我們朝她走過去時，我明顯感覺到女孩少有的嚴肅，這期間她不停地微笑，沉默尤使氣氛顯得詭異。

葛羅斯太太率先打破這個魔咒，她跪下用雙手將孩子拉到胸前，孩子相當順從，絲毫不抗拒管家的擁抱。我只能靜靜注視著這扭曲的一幕，並發現芙蘿拉把頭從葛羅斯太太的肩頭探出來瞥著我。這時小女孩表情嚴肅，臉上笑容盡失，這令我短暫地羨慕起葛羅斯太太的單純。

接下來，除了芙蘿拉手上那把醜陋的蕨葉掉到地上之外，什麼也沒發生。當時，無論芙蘿拉或我要爲自己找什麼藉口，都失去作用。最後，葛羅斯太太牽著孩子的小手站起來，兩人一起站在我面前。她沒說話，臉上的表情則明白告訴我：「我寧死也不會說！」

芙蘿拉一派天眞地打量我，我們的裝扮讓她打破了沉默：「妳們怎麼沒穿外衣和帽子？」

「妳的外衣和帽子呢，親愛的！」我立刻反問她。

她又恢復了愉快心情，似乎對我的回應很滿意。

「邁爾斯在哪裡？」她問。

孩子的勇氣擊垮了我，她口中吐出來的幾個字宛如刀刃的金光。那種感覺，就像是我在這幾個星期以來一直高高舉著杯子，卻遭她碰撞，而在我開口說話之前，我已能感覺到滿至杯沿的水全潑了出來。

「如果妳告訴我，我就告訴妳……」我聽到自己的聲音開始打顫。

「告訴妳什麼？」

葛羅斯太太的擔憂神情好比燎原的烈火，可太遲了，我一古腦地問出口：

「我的小寶貝，潔賽兒小姐在哪裡？」

Chapter 20

第二十章

我這一問，堪比之前我和邁爾斯在教堂墓園裡的對話，讓整件事全攤了開來。我們從未將這名字說出口，孩子臉色丕變，怒視著我，我違反了默契，這個舉動和砸碎窗戶沒有兩樣。葛羅斯太太聽到我殘忍地問話，又補上一聲驚呼，這喊叫彷彿出自一頭驚嚇或受傷的野獸。幾秒鐘後，輪到我倒抽一口氣了。我緊緊握住葛羅斯太太的手臂，說：「她在那裡，她在那裡！」

潔賽兒小姐站在對岸，她上次也站在相同的位置。看到她，我記得自己竟然覺得雀躍，因爲我終於可以提出證據——她的確在，而我的說法也有了正當理由。她確實在這裡，我既不殘忍也沒發瘋。

她在備受驚嚇的葛羅斯太太面前現了身，可最主要還是爲芙蘿拉而來。此刻我寒毛直豎，然卻意識清楚，無聲地朝她送出感激之意，我覺得這個蒼白貪婪的女人能夠明白我的想法。她站在我和葛羅斯太太方才站立的位置，她的欲望和邪惡未因距離稍減半分，這道鮮明的影像帶著毫無掩飾的情緒停留了幾秒鐘。葛羅斯太太朝我手指方向看過去，茫茫然眨著眼睛，我心想她終於看見了。

接著我飛快望向芙蘿拉，驚訝地發現孩子情緒沮喪，說眞的，我完全沒料到她會有這等反應。她知道我們會出來找人，早已提高警覺也做好心理準備才是，不可能背叛心底祕密。正因爲如此，眼見她流露出眞實的情緒，我不由震驚極了。孩子粉嫩小臉蛋沒有任何表情，也完全沒朝我指的方向看，她只管用嚴厲的表情看著我，我從來沒見過她這副模樣，這孩子在審視我、指控我、評斷我——不知怎麼著，這突如其來的表現讓芙蘿拉從小女孩變成令我恐懼的對象。儘管我確定她在此刻之前早已看清一切，但我仍然畏縮。

爲了保護自己，我大聲喊道：「她在那裡，妳這可憐的小東西，那裡、那裡，妳看得到她，就像妳能看到我一樣！」我稍早告訴過葛羅斯太太，芙蘿拉在這種時候不再是小女孩，而是個年邁的老女人，這會兒芙蘿拉的反應完全證實了我的說法。她直視著我，毫不讓步也沒有承認，臉色越來越凝重，最後只剩下譴責。到了這時候——現在想來的確如此，她的態度使我完全喪膽，同時，我注意到葛羅斯太太也很難應付。我這名年長盟友漲紅了臉，扯著嗓門抗議，嘶吼出她的不滿：「這未免太可怕了，小姐！妳究竟看到什麼東西？」她說話時，駭人的影像依然清晰且毫無退卻之意，我不由得把葛羅斯太太抓得更緊了。

我拉著葛羅斯太太指指點點了不下一分鐘，影像仍未消失。

「妳和我們不一樣，妳沒看到？妳是說妳現在——到了現在——還沒看到？她像火球一樣明顯！張開眼睛看，親愛的女人，妳看呀！」

葛羅斯太太和我一樣睜著眼睛，接著對我含糊發出夾雜著否定、嫌惡和悲憫的咕噥聲，視而不見似乎讓她覺得同情又寬心，看她如此反應，我知道若她能夠親眼證實，定會大力支持我。

我誠然需要她的支持，若她看不見眼前鐵證，我知道自己的立場會益形艱難。我覺得——我看到——前任家教逐步逼近，儘管覺得挫敗，亦自知這時得趕緊照顧畏縮又驚徨的小芙蘿拉。葛羅斯太太發現孩子不對，不顧一切，立刻挺身護衛孩子。她上氣不接下氣安撫孩子的話，刺破了我方才得意洋洋的感覺。

「她不在那裡，我的小淑女，那裡沒有人，妳什麼也看不到的，小甜心！可憐的潔賽兒小姐怎麼可能……她已經過世，也下葬了呀！我們都知道，對不對，寶貝？」接著她以懇求的語氣對孩子說：「這是誤會，我們弄錯了，本來是要開玩笑的——我們趕快回家去吧！」

孩子聽葛羅斯太太這麼說，迅速嚴肅又得體地反應，葛羅斯太太站了起來，這一老一小再次結成和我敵對的陣線。芙蘿拉看著我，臉上照樣露出責備表情。即便在當下，我仍懇求上帝原諒我看到那一幕：孩子直挺挺地站著，拉著管家的裙襬，臉上原來的純潔稚氣突然消失。我早說過了，不是嗎？芙蘿拉瞬間變得可憎又冷酷，不只是平凡，而是醜陋。

「我不知道妳說什麼，我什麼人也沒看見，從來沒有看過。我覺得妳好殘忍惡毒，我不喜歡妳！」這麼粗魯失禮的詞語只有街頭未受過教育的孩子才說得出口，說完這番話，她緊緊抱住葛羅斯太太，把猙獰的臉孔埋進管家寬裙褶縫裡，嘴裡一邊憤怒地吼叫：「帶我走，帶我走——我不要和她在一起！」

「不要和我？」我差點喘不過氣。

「我不要和妳在一起！」她哭喊道。

這時連葛羅斯太太都氣餒地看著我了，我無計可施，只能再次嘗試著和對岸的影像溝通。她紋風不動，彷彿在遠距之外聆聽我們的對話，但她不是來幫助我，而是想落井下石。

可憐的芙蘿拉，她利刃般的字句像是來自外界的力量，我不得不承受，只能難過地對她搖頭道：「我從前只是懷疑，現在卻得到了證實。我一直活在悲慘的眞相中，如今眞的身陷其中。我果然失去了妳，我努力過，偏偏妳——一直在她的控制之下……」我再次望向對岸那道來自地獄的影像，「以最簡單、完美的方式和她見面。就算盡了全力，我終究還是失去了妳。再見了。」

接著我以近乎狂燥的語氣催促葛羅斯太太：「走吧，趕快走！」

葛羅斯太太顯然明白，儘管她什麼都沒看到，事實上眞有駭人的事件發生，襲捲走原本的和諧。於是她懷著惆悵，默默牽起孩子的手，循著來時路，加快腳步往碧廬的方向奔去。

我完全忘了她們離開後的事，只知道大約過了一刻鐘之後，潮濕的惡臭撲鼻而來，涼意刺骨，我這才發現自己必定是趴在地上難過地哭了許久。抬頭一看，天色幾乎要暗了。我站起來，四處張望了一下，看著暮色下灰色的湖水和出現過異象的湖岸，蹣跚地想走回大宅。來到籬笆的柵門邊打算划船，沒料到平底船已經不在停靠的位置，這令我不得佩服芙蘿拉對情況的精準掌握。那天晚上，小芙蘿拉到葛羅斯太太房裡過夜，這個心照不宣的作法（我這樣講並無惡意）讓所有人都皆大歡喜。

回碧廬後我沒看到芙蘿拉也沒見到葛羅斯太太，反而有機會和邁爾斯單獨相處。我「看到」（我只能用這兩個字來形容）邁爾斯，感覺上，我從來沒把這男孩看得如此透澈。這是我在碧廬度過最不祥的一夜，但儘管如此——儘管我腳下恐懼的深淵越來越見不到底，逐漸退去的現實中，竟然有種甜美的哀愁。稍早我回到碧廬並沒去找邁爾斯，而是直接回房裡更衣，發現有人把芙蘿拉的物品全搬走了，這表示我和小女孩的關係形同決裂。

稍晚，我坐在教室爐火邊，原來的女僕爲我送上茶來，我縱容自己，沒逼問邁爾斯任何問題。他這下自由了，可以繼續下去！其中一個證明便是他在八點半左右進來，靜靜地坐在我身邊。茶具收走後，我吹熄蠟燭，把椅子挪向火爐邊。我只覺得冷，而且很可能再也暖不起來。當邁爾斯走進教室時，我正坐在火爐前沉思，全身沐浴火光之下。他在門邊站了一會兒，似乎要看我，不過他接著走到爐邊，沉沉地坐在另一張椅子上，彷彿想爲我分憂解勞。

我們沉默地坐著，而我感覺得到，他想陪在我身邊。

Chapter 21

第二十一章

晨光猶未照亮房間，我一睜眼就看到葛羅斯太太。她坐在我床邊，帶來了壞消息：芙蘿拉發高燒，可能病了。那孩子整夜輾轉難眠，但讓她恐懼的不是前任家庭教師，而是現任的這一位。她不是要抵拒可能現身的潔賽兒小姐，使她擔心害怕的人是我。

我當然立刻起身想問個仔細，看來，管家應該是決定再一次和我並肩作戰了。我一問起她對孩子的想法，便明白了她的決心。

「她還是堅持她當時沒看到，也從來沒看過任何異狀？」

管家果然心煩意亂。「啊，小姐，我沒辦法逼問她，也覺得沒必要。這事讓她變得好老，芙蘿拉從頭到腳都變了。」

「我可以想見。她自恃甚高，最恨人不尊重她，進而污衊她或質疑她的眞誠。『潔賽兒小姐，沒錯，就是她！』她哪値得『尊重』！告訴妳吧，我昨天就覺得她的舉止詭異，沒有人比她更怪的了。我眞的錯了！她這下再也不會和我說話了。」

葛羅斯太太聽了我這番刺耳又語焉不詳的話，先是久久未作回應，繼而直率地同意我的觀點。我相信這其中必有原因。

「我想也是，小姐，芙蘿拉絕對不肯的，而且相當堅持呀。」她說。

「而她的態度，」我作出總結，「正是這個問題的癥結！」

哦，葛羅斯太太的臉色寫得清清楚楚，這果然是癥結！

「她每隔三分鐘就會問我，想知道妳會不會進來。」

「我懂，我懂了。」我倒還有不少問題想釐清，「在昨天的事件過後，除了堅稱沒看到那個可怕的影像之外，她有沒有提起潔賽兒小姐？」

「沒有，小姐。當然妳也知道的，」我這位朋友說：「我相信她的說法，當時湖邊根本沒有人。」

「那倒是！所以妳現在還相信她。」

「我只是不否認她的說法，要不我還能怎麼辦？」

「妳什麼都不必做！妳面對的是最聰明的孩子了。他們——我是說這對小兄妹的朋友——把邁爾斯和芙蘿拉調教得比原來更機靈，因為這麼做太有趣！芙蘿拉現在滿腔怒火，一定會想辦法報復。」

「她會怎麼做？」

「當然是在她伯父面前詆毀我，大肆抨擊我的人格和操守。」葛羅斯太太臉上的表情讓我嚇了一跳，她彷彿已經看到小女孩在我們的雇主面前竊竊私語。「可是主人很讚賞妳的表現！」

「現在想想，他讚賞人的方式還眞奇怪，」我笑了，「但這不重要了。芙蘿拉打算擺脫我。」

管家勇敢地附和：「她再也不想看到妳。」

「妳就是為了這個來找我的嗎？」我問道：「要我早點離開？」在她回答之前，我又接著說：「我想了很久，終於想出一個更好的計畫。我離開似乎是正確的事，而且上星期日我差點眞的走了。但這不是解決之道，該走的是妳們，由妳帶著芙蘿拉離開。」

這話讓葛羅斯太太動起腦筋，「可是我們能上哪裡去呢……」

「離開碧廬，離開那兩個人。現在最重要的，是離開我。妳們直接去找她伯父。」

「去找她伯父只爲了告狀？」

「不止這樣！讓我留下來解決這件事。」

她還是不懂，「妳要怎麼解決？」

「從妳對我的忠誠開始。接下來就要看邁爾斯了。」

她認眞地盯著我看，「妳覺得他……」

「他一逮到機會就會衝著我來？沒錯，我也這麼想，但無論如何都想一試。妳盡快帶芙蘿拉離開，把邁爾斯交給我。」我訝異地發現自己還保留著如此旺盛的精力，相較之下，她的憂慮只是小事。

「另外還有一件事，」我繼續說：「在芙蘿拉離開之前，這兩兄妹千萬不能碰面，連三秒鐘都不行。」這時我突然想到，我一直假設芙蘿拉從湖邊回來後沒見到邁爾斯，我這麼說雖可能太遲，亦仍焦急地問：「難道他們已經碰過面了？」

這話讓葛羅斯太太漲紅了臉，回道：「啊，小姐，我沒那麼傻！有三、四次我不得不離開，但每次都有女僕陪著她。就算她現在一個人在房間裡，我也將房門上了鎖。可是——可是——」

我不知道的事顯然還不少。

「可是什麼？」

「妳有把握能應付小少爺？」

「除了妳之外，我什麼也沒把握。不過昨天晚上，我開始覺得事情可能有轉機。我覺得他想開口，可憐的小男孩，我眞覺得他想講出來。我們兩個昨晚在火爐前靜靜坐了兩個小時，我以爲他就要說出來了。」

葛羅斯太太看著窗外灰白色的天空。「他說了嗎？」

「沒有——雖說我在等，他也在等。一直到他吻我道晚安之前，我們都沒有打破沉默，他甚至沒問起妹妹，也沒問她爲什麼沒出現。」我接著說：「無論如何，就算孩子的伯父過來探視芙蘿拉，我還是不同意讓小兄妹見面，因爲情況演變得太嚴重。我們必須給邁爾斯多一點時間。」

這時，葛羅斯太太遲疑的態度讓我相當不解：「多一點時間是什麼意思？」

「再等個一、兩天，他一定會開口，然後他會站在我這邊，到時候妳會知道這有多重要。如果他還是絕口不提，那麼我只能承認失敗，可至少妳已經抵達倫敦，能幫我找到援手。」我話都說得明白了，她仍然一副高深莫測的模樣，於是我只好再說：「除非妳眞的不想離開。」

我看到她總算清醒過來了。她朝我伸出手，表達她的承諾：「我會去，一定會去。我今天早上就走。」

我想保持公正的立場，回應說：「如果妳想等，不打算立刻就走，那請妳別讓芙蘿拉看到我。」

「不，不是這樣，問題是碧盧，她一定得離開這個地方。」她沉重地凝視著我，總算把藏在心裡的話說出來，「妳的想法都對，小姐，可是我……」

「怎麼了？」

「我不能留下來。」

從她的眼神，我猜想事情不對。

「難道妳昨天也看到了……」

她嚴肅地搖頭，「是我聽到。」

「聽到什麼？」

「聽到孩子講了些不堪入耳的話！」說出口之後，她總算嘆了口氣，「我可以發誓，小姐，她說的字眼——」話才出口，她便崩潰了。葛羅斯太太哭著癱坐在我的沙發上，和我之前看到一樣，哀傷的情緒引她失控。

而我自己也有同樣的感觸，只是表現方式不同。

「啊，感謝上帝！」

她聽我這麼一說，揩揩眼睛又跳了起來，喃喃地問：「感謝上帝？」

「感謝上帝證實了我的說法！」

「的確是，小姐！」

我本還想進一步強調，終究猶豫了。「她眞有那麼可怕？」

我看得出葛羅斯太太不知該怎麼回答。「的確讓人震驚。」她說。

「說的是有關我的事嗎？」

「如果妳一定要知道——是的，小姐。年輕小淑女不可能說那些話，我想不出她去哪裡學來的——」

「那些用來罵我，不堪入耳的話嗎？我知道！」答案太明顯，我忍不住笑了出來。

這卻讓我的朋友難過。「嗯，其實我應該也知道，因爲我從前聽過！可是我沒辦法忍受。」可憐的女人繼續說了一會兒，瞄了瞄我的梳妝檯和我的手錶。「我得回房去了。」

我攔住她，「如果妳受不了……」

「妳想問的是我要怎麼陪在她身邊，是嗎？我只想帶她離開，離開這裡，」她接著說：「遠遠離開他們——」

「她說不定會改變？可以重獲自由？」出自由衷的喜悅，我緊緊抓住葛羅斯太太，「也就是說，經過昨天的事之後，妳還是相信我——」

「相信妳的說法？」這個說法簡單，唯加上她臉上的表情，無須贅言已清楚表達了一切。她從來沒有這麼坦白：「我相信。」

沒錯，這就是喜悅的感覺，我們仍然肩並著肩，無論接下來狀況會如何演變，我全不在乎了。無論現在要面對災難或是之前我需要的信心，只要我的朋友能夠證明我值得信任，我便可以力抗一切。然而，就在她要離開的時候，我忽有些尷尬：「我突然想起一件事。我的那封警告信，可能會比妳更早抵達倫敦。」

「妳那封信不可能寄到倫敦。信一直沒寄出去。」

這時我才發現她拚命繞圈子，就是沒完全說出心裡的擔憂。

「那信到哪裡去了？」

「天曉得！邁爾斯小少爺——」

「妳是說他拿了信？」我倒抽一口氣。

她又開始遲疑，終究強迫自己說了出來：「我昨天的確看到了那封信，可是當我帶芙蘿拉小姐回來時，信已經不在原來的地方了。稍晚我問路克，他說他沒看到，不可能把信寄出去。」我們只能默默看著對方，最後是葛羅斯太太先打破了沉默。她得意地說：「妳懂了吧！」

「我懂。邁爾斯拿到的話，他可能在讀過後毀了那封信。」
「妳沒看出別的事嗎？」
我先是凝視她，隨後才難過地笑著說：「我看出妳的眼睛瞪得比我還大。」事實的確如此，她的臉仍不禁紅了起來。「我猜出邁爾斯在學校裡幹了什麼好事。」她像是頓悟似地用力點個頭，「他會偷東西！」
我想了想，努力作出公正的評斷：「嗯，有可能。」
看她的模樣，似是沒想到我能如此鎮定。「他偷學校的信！」
她不可能知道我之所以鎮定，是因爲背後的原因太簡單。我加以解釋。
「希望他在學校裡偷的信比我這封有價值！我昨天寫的短信，」我說：「只會讓他失望，因爲內容純是請他伯父過來談談而已。他費了這麼大工夫只得到這麼微不足道的信息，八成覺得很丟臉，所以昨天晚上應該是要找我懺悔。」
當時我覺得自己掌握了狀況。
「走吧，趕快走。」我走到門口請她離開，「我會讓他說出來的。他會來找我，坦白說出一切。如果他能懺悔，他就能得救。而如果他能得救——」
「妳也能得救？」說完話，我這位親愛的朋友親吻我的臉頰道別。臨別時，她不忘大聲對我說出這句：「不必靠他，我也會讓妳得救！」

Chapter 22

第二十二章

豈料葛羅斯太太一離開，我就開始想念她了，再說眞正難熬的時刻正要登場。我本來盼著自己和邁爾斯因此能有獨處的時間，但沒多久，我便發現這其實是懲罰。

我下樓得知葛羅斯太太已經帶芙蘿拉搭車離開，那一刻，是我來到碧廬後面臨的最重大考驗。我要自己挺身而出，這一整天，除了對抗本身的軟弱之外，我還覺得自己太過急躁。這個空間彷彿比從前來得小，我看得出這次變化讓其他人十分困惑；對管家匆匆離開一事，我們未多作解釋，大家當然摸不著頭腦。茫然的男女僕傭使我更加緊張，但我看出自己必須將他們當作助力。簡單說，我要穩穩掌舵，這艘大船才不會擱淺。我可以說，爲了撐起這個家，那天早晨我展現出最威嚴的一面。我樂於承擔重責大任，除了自己知曉之外，也想要大家都明白我的意志有多麼堅定。接下來的幾個小時，我以這種態度在碧廬裡四處走動，隨時準備應戰，在相關人等面前用盡了心計。

到了晚餐時間，我才發現對整件事最漠不關心的人是邁爾斯。稍早我到處巡視時沒有看到他，這一來，大家都知道在前一日鋼琴演奏後，我們師生之間的關係有所轉變，他那場戲法讓我完全沒注意到芙蘿拉的舉動。大家都知道我和葛羅斯太太先是看管芙蘿拉再將她送走，接著，我們又打破了上課的常規。

早晨，我下樓前先推開邁爾斯的房門，發現他不在裡頭，下樓後甫得知他隨葛羅斯太太和芙蘿拉一塊用過早餐，當時有幾名女僕也在場。他吃過早餐後表示要外出散步，我想，這無疑是對我職務突然異動的最直接表示。對這個變化，他還無法決定是否要認同，說來也怪，比起其他的事件——尤其是對我自己而言，他這麼做反教我鬆了口氣，省得我得另找藉口。既然眞相已昭然若揭，我說這話也不嫌重，在此節骨眼上，最荒唐的便是繼續假裝我還能繼續教他。事情誠然明顯，他想出不少方法來保留我的顏面，甚至比我自己能做的更多，我不由得想請他節制，讓我見識他的眞本事。無論如何，他現在都自由了，我不會稍加干涉的，況且昨日插曲過後，我在教室裡的表現已經十分清楚，既未詢問也沒有任何暗示。

我思緒澎湃，滿腦子計畫。沒想到當邁爾斯終於現身時，他無憂無慮的小紳士風度，竟把我所有的計畫和憂慮全推回到了自己身上。

爲了在僕傭面前展現權威，我表示往後邁爾斯和我將在我們口中的「樓下」一起用餐，於是，我坐在寬敞華麗的餐室裡等待他。我剛到碧廬的那個星期日，就是在餐室的窗口看到異象，可惜葛羅斯太太當時僅是含糊帶過。我一再地想（這種感覺確實反覆出現），維持心情平靜必須仰賴堅定的意志和努力，我得閉起眼睛抗拒，莫去思考自己對抗的眞相是如此讓人嫌惡、如此違反自然。我若要堅持下去，除了信念，猶得考慮到人類善美的天性，而我面對的苦難即是動力，正因爲如此，我才會鼓起勇氣走上這條不尋常又教人厭惡的道路。畢竟，訴諸於人性，我才能做得光明磊落——美好的人性才是最好的手段。

我該怎麼做，才能完全不提起過去發生的種種？我又該怎麼做，才不至於牽扯到最近發生的異狀？一會兒之後，我找到了答案。在我學生身上發現他甚少流露的表現之後，我更加確定了。即使到了現在——在課堂上他經常如此——他仍然可用細膩優雅的方式安撫我。昨晚我們獨處時，他靈巧的表現還不足以證明嗎？天賦過人的孩子竟會輕言放棄，不肯求助，這難道不荒謬？（機會站在我這邊，寶貴的機會終於出現）除了拯救他，他的聰明才智還能有什麼作用？如果有人想探索他的心靈，是否得冒著扭曲他性格的危險？我們在餐室裡面對面坐著，這時他似乎為我指點了迷津。

烤羊肉送上桌後，我遣開僕人。邁爾斯落坐之前，把雙手插在口袋裡站了一會兒，淨看著羊肉。我以為他想說些幽默的評語，沒想到他說：「親愛的，她病得很嚴重嗎？」

「你是說小芙蘿拉？不是太嚴重，而且現在應該好多了，她去倫敦比較好，碧廬已經不適合她了。來，來端你的羊肉。」

他立刻過來，小心翼翼地把餐盤端到自己的位置上，仍是繼續發問：「碧廬怎會突然就不適合她呢？」

「也沒你想像的突然，其實有跡可尋。」

「那妳為什麼沒早點送她走？」

「多早？」

「在她病到不能長途旅行之前。」

我毫不遲疑地說：「她不是『病到不能旅行』，但如果她留下來，可能就眞的會惡化，我們得掌握這個時機。這趟旅行可以緩和症狀，」啊，我說得太好了！「讓她痊癒。」

「我懂了。」邁爾斯的回應當然也很得體。他展現完美餐桌禮儀開始用餐，打從他回到碧廬的那天起，我即不曾爲這件事操煩。無論他緣何被退學，絕非因爲用餐儀態不雅。這天，他和往常一樣無可挑剔，唯特別警覺。少了外力協助，他顯然以平常心來對待，知道自己的處境之後他沒有再開口。這餐吃得很快，我只是做做樣子，盤裡的肉幾乎沒動。

餐後，我請女僕收拾桌面，邁爾斯再次把雙手插進口袋，背對著我看著窗外。之前，我就是透過這扇大窗看到異象。

女僕還在餐室時，我們沒有交談。我突然冒出奇怪的想法，我們就像度蜜月的年輕夫婦，只要有旅館侍者在場，便感到格外尷尬。

一直到僕人離開後，他才轉身說：「嗯，只剩下我們兩個人了！」

Chapter 23

第二十三章

「是可以這麼說，」我想，我臉上的笑容肯定不具說服力，然而我繼續說：「但也不完全如此。我們不會想要獨處的！」

「我猜也是。其他人當然還在。」

「我們身邊還有其他人，的確是這樣。」我表示附和。

「儘管其他人在，」他雙手還插於口袋裡，站在我面前答道：「不過他們在不在都沒什麼意義，對吧？」

我盡了力，卻仍覺疲困。「那要看你的『沒什麼意義』是什麼意思。」

「是啊，」他體貼地說：「任何事都得看情況！」說完話，又轉身面對窗戶，煩躁不安地走了過去。

他在窗邊站了片刻，前額貼著玻璃，望著十一月裡了然無趣的花草灌木，這些都是我熟悉的景物。我坐在沙發上假意忙於針線活，每當我心煩意亂，知道這對小兄妹自有打算且將我排除在外時，都會藉此穩定自己的情緒。這次我還是循著慣例，唯心裡已經做好最壞的打算。然而，當我看著男孩無措的背影時，突然領悟到自己這回並沒有遭到排擠，這個感覺越來越明顯，越來越強烈，最後我意識到被拒絕在外的是邁爾斯。對他來說，大窗框格代表某種影像，象徵著失敗。我感覺到眼前的邁爾斯像是被困在裡頭，阻絕了對外的聯繫。他的表現值得讚揚，但孩子自己不覺得舒坦。

看著他，我心中湧起了希望。他是否想透過那扇受了詛咒的大窗尋找什麼看不見的人？這是他首度視而不見嗎？第一次，這眞的是第一次，我認爲這是絕妙的跡象。邁爾斯焦慮中仍保持著警覺，他提心吊膽過了這一天，用餐時周到的禮節是細心掩飾的結果。最後他終於轉頭看我，彷彿已然屈服壓力之下。

「幸好我很適合待在碧廬！」他開口道。

「這二十四小時以來，你對碧廬的認識似乎勝過從前。我希望，」我鼓起勇氣繼續說：「你在碧廬過得很愉快。」

「是啊，我從來沒走得那麼遠，大概走了好幾哩路。我從不曾體驗過這樣自由自在的感覺。」

他的談吐自成一格，我只能盡量配合：「那麼你喜歡這種感覺嗎？」

他面帶微笑地站著，接著吐出兩個字：「妳呢？」

我從來沒在任何兩個字裡聽到這麼沉重的批判之意，還不知該怎麼應對。他繼續說話，似想緩和自己的失禮。

「妳的看法最重要了，因爲就算現在我們兩個互相作伴，最覺得孤單的人應該是妳。可是我希望，」他又說：「妳不會介意。」

「介意你？」我問道：「親愛的孩子，我怎可能介意？雖然我已經放棄主動去陪伴你——我實在摸不透你的心思，但是我樂於陪在一邊。否則我爲什麼要留下來？」

邁爾斯這時才認眞看著我，他的表情嚴肅，我從沒看過他如許優美的神態。

「妳之所以留下來，純粹是爲了陪伴我？」

「那當然。我留下來當你的朋友，希望能進一步瞭解你，爲你做更多事、讓你過得更好。你不必覺得訝異。」我的聲音開始無法控制地打顫，「你忘了麼，狂風大作的那天晚上，我走進你房裡，坐在你的床邊，說過願意爲你做任何事？」

「是啊，沒錯！」他看起來越來越緊張了，努力控制自己說話的音調，而他顯然比我成功。儘管面色凝重，他還是發出笑聲，刻意打趣地說：「我以為妳那麼說是為了要我替妳做什麼事！」

「那只是部分原因，」我承認，「可是你也知道你沒做到。」

「妳說得對，」他說得熱切，其實虛假，「妳要我說出某些事。」

「的確沒錯。說出來吧，把你心裡的話、心裡的事全告訴我。」

「這麼說，妳留下來就是為了這個？」

我從他輕快語氣中聽出些微的顫抖，那是忿恨之情，唔，儘管他的臣服難以察覺，我仍無法漠視這帶給我的感受。我驚喜地發現，自己期盼的一刻終將來臨。

「是啊，我剛剛眞該老實說出來的，這的確是我留下來的原因。」

他久久沒有回應，我猜這是為了要否認我的假設。在他終於開口時，他說：

「妳是說，現在說，在這裡說出來？」

「沒有更合適的地點或時間了。」

他不安地環顧四周。我甚少有這樣的感覺——多麼奇怪啊！——他首次為了即將來臨的恐懼而顯得焦慮。在這一瞬間，他似乎對我有了畏懼，而我認為這可能是絕好的機會。

我雖想嚴厲質問他，但卻聽到自己在下一秒鐘柔聲問道：「你還想到外面嗎？」這眞是太荒誕了。

「非常想！」他朝我露出英雄般微笑，這表情展現了勇氣，獨藏不住背後的痛苦。他拿起稍早帶進餐室的帽子，站著扭擰著那頂帽子。我這時才發現，儘管答案呼之欲出，我的作法則太過強硬。無論我怎麼做都是暴行，是爲了強迫幼小無助的孩子認罪，不是嗎？我是否要一手將這樣美好的孩子推入我製造的困境當中？如今我總算看清當年的狀況了，當時我不可能懂，因爲我認爲邁爾斯和我的眼眸中都閃爍著火光，知道煎熬將至。我們都心懷恐懼和顧忌，相互對峙，好比兩個不敢欺近對手的戰士。我們怕的正是對方！這讓我們毫髮無傷地繼續僵持。

「我會把所有的事情全告訴妳。」邁爾斯說：「妳想知道什麼，我全會說出來。妳留下來陪我，我們兩個都不會有事，然後我會說，我一定會告訴妳的。但不是現在。」

「爲什麼不可以是現在？」

聽到我的堅持，他再次轉身靜靜地看著窗外，這時我倆之間就算有根針落地都聽得見。

沒多久，他又回到我跟前，臉上的表情像是有人正在外頭等他。

「我要去找路克。」邁爾斯說。

我沒想到他竟會吐出如此粗糙的謊言，不禁也覺得羞愧。這謊言儘管無稽，倒也讓我看清事實。我鉤了鉤手上的毛線，說：「好啊，那就去找路克吧，我會等你履行承諾。不過在你離開之前，我有個小小要求，就當作我們的交換條件好了。」

他看著我，似乎以爲自己勝券在握，談點小條件乃輕而易舉之事。「多小的要求？」

「和整件事比起來，眞是微不足道。告訴我，」我忙著打毛線，隨口問道：「昨天下午，你是不是拿走了我放在大廳桌上的信？」

Chapter 24

—第二十四章—

我正要觀察他如何反應，瞬間卻感到魂飛魄散——我真的只能這樣形容。我跳起來，不顧一切地將邁爾斯拉到我身邊，本能地讓孩子背對窗戶，接著躲向最近的家具後面。我在同一地點看過相同影像，彼得・昆特在我們面前現身，好比守著監獄的哨兵。我看得清楚，他在外面，正逐漸接近窗口，我知道他會透過窗玻璃往裡頭瞥，讓那張受詛咒的慘白臉孔呈現在屋裡人面前。我下定決心，當時我臉上的表情和那張臉恐怕相去不遠，然而我不相信有哪個女人可以和我一樣，那種景象當前，還能迅速恢復理智。那張臉讓我驚駭之餘，我當下仍立即反應過來：我不可以讓孩子看到。這「念頭」（我同樣無法用其他用詞取代），讓我篤定自己必能通過這次考驗。我彷彿正跟惡魔爭奪人類的靈魂，而且眼見就要成功，這時，我看到自己顫抖的雙手——只距離我一臂之遙，掌握了人類的靈魂，邁爾斯稚嫩額頭上還冒著汗珠。孩子的小臉蛋和靠在玻璃前的那張臉一般蒼白。

這時邁爾斯說話了，他的聲音絲毫不顯微弱，彷如遠方吹送而至的芳香任我啜飲：「是，是我拿的。」

聽邁爾斯這麼說，我低呼了一聲，緊緊抱住他。我讓孩子靠在我胸前，感覺到他的小身子突冒一陣燥熱，心跳飛快。我的目光沒有離開窗口的影像，看著他移動位置，換了個姿勢。我原先覺得他像哨兵，他緩緩移動間，看來竟像尋找獵物的受挫野獸。這時，我心中迸發出勇氣，我不可能容許他通過，而且還得隱藏自己的怒火。他四處搜索的目光再次貼向窗口，這個下作的惡人狀似準備站在原地觀察、等待。我有信心與他抗衡，也深信孩子到這時候還不知道昆特出現。於是我繼續問：「你為什麼要拿信？」

「我想看妳怎麼說我。」

「你拆信看了嗎？」

「拆了。」

我稍微拉開和邁爾斯之間的距離，凝視他的臉，在這張臉上，忐忑不安已經完全取代了原有的嘲弄。最教人難解的是我的成功竟使他失去了和昆特溝通的能力，邁爾斯知道異象出現，卻不知來者何人，更不曉得我不但早已感知且還認出對方。我抬眼看向窗戶，覺得過去自己一番艱辛的奮鬥總算有了回報，因爲外頭什麼也沒有，是我個人的勝利驅散了邪惡的影響力嗎？窗外一片清靜。有了我才有勝利，一切榮耀應該歸諸於我。

「但是你什麼也沒看到！」我藏不住心裡的得意。

他鬱悶地輕輕搖頭，「沒有。」

「什麼也沒有！」我差點因喜悅而歡呼。

「什麼都沒有。」他難過地重複。

我親吻他濕淋淋的前額，道：「你把那封信怎麼了？」

「我把信燒了。」

「燒掉了？」若要問話，現在毋寧是最好的時機了，「你在學校裡也做過這種事嗎？」

終於來到問題的核心。

「學校？」

「你是不是偷了信？還是偷其他東西？」

「其他東西？」他似乎在回想許久之前的事，迫於壓力，他終於找出了答案。「妳是說我偷東西？」

我覺得好羞愧，彷彿連髮根都紅了起來。如此質問一名紳士，還看著他幾經思索後深覺受辱的反應，這難道不是最難以想像的景況？

「是因爲這樣，你才沒辦法回學校去嗎？」

他頗感驚訝，顯得有氣無力。「妳知道我不能回去？」

「我全都知道。」

他久久地凝視我，眼神怪異。「全都知道？」

「每一件事。所以，你究竟是不是……」我沒辦法再次說出那種話。

邁爾斯倒是坦然以對：「不，我沒有偷東西。」

我臉上必定露出了全然信任的表情，不過仍用雙手溫柔地輕搖他的小身軀，像是想問出個所以然來。若他眞的無辜，爲什麼要讓我在這幾個月裡受盡折磨。

「那麼你做了什麼事？」

邁爾斯鬱悶地抬頭看天花板，吸了幾口氣，顯然有些費力。這孩子的模樣好比站在海底，想抬頭尋找慘澹的微光。

「嗯，我說了不該說的話。」

「就這樣？」

「他們覺得這就夠糟的了！」

「糟到要你退學？」

沒有任何人會像這孩子一樣，面對退學的懲處還可以不多作解釋！他衡量我的問題，漠然又徒勞地說：「我想，我的確不該說那些話。」

「你對誰說的？」

他努力想喚醒回憶，終究還是放棄。他記不得了。「我不知道！」

在落寞的自白之後，他似乎想對我展顏微笑，這時我應該打住，不要繼續逼問。我到底被自己的勝利沖昏頭，本當將他拉入我的懷抱，卻把他推得更遠。

「你對每個人都說那種話嗎？」我問。

「沒有，只有對——」他厭煩地搖頭，「我不記得他們的名字了。」

「你對很多人說嗎？」

「只有少數幾個人，我喜歡的人。」

他喜歡的人？這話非但沒澄清狀況，反而讓我越聽越迷糊。沒多久，我突生憐惜，這孩子說不定是無辜的——想到這裡，我既困惑又徬徨，如果他無辜，那麼我成了什麼？手足無措之下，我終於鬆開了手。孩子深吸了口氣，再次轉身離開我，站到大窗前往外看。我難過地想，此後我再也不必攔阻他了。

一會兒之後，我問道：「他們把說的話傳出去？」

他站得更遠了，儘管怒意已消，不再介意被我關在屋裡，但仍然喘著氣。和方才一樣，他又抬頭看著陰暗的天空，從前支撐他的力量，如今似只剩下難以啓齒的焦慮。「唉，是呀，」他照樣回應了我的問題，「他們一定是說出去了，告訴他們喜歡的人。」

這不若我想像的嚴重，我還是想了想才說：「結果話就這麼傳開了？」

「傳到老師耳裡？就是這樣，沒錯！」他的回答相當乾脆。「我沒想到老師也說了出來。」

「老師嗎？他們沒說，所以我才問你。」

他又轉過來看著我，表情熱切，「是啊，太糟了。」

「太糟？」

「我偶爾會說的那些話太過惡劣，他們不可能寫在信裡。」

我實在無法形容這孩子言語當中的矛盾，唯只曉得自己失控地喊道：「一派胡言！」我接下來的問話卻更嚴苛：「你究竟說了什麼話？」

我嚴厲的態度是針對凌虐他的人而發，偏讓他又避開我的視線。這舉動引我驚呼出聲，跳起來朝他撲過去，因為在這時，那張蒼白殘酷的臉孔再度出現窗口，這個造成一切苦難的罪魁禍首似乎想阻止孩子自白。我剛才還覺得自己大獲全勝，這下子又開始反胃，不得不回到戰場上。我這一撲，令孩子起了疑心。

邁爾斯像是從我的動作猜出端倪，但我覺得到了現在，他還是只能猜測。大窗就在他眼前，毫無攔阻，而我澎湃的情緒高漲，視孩子極端的痛苦爲最終的解脫。「夠了，別再來了！」我厲聲嘶吼，一邊抱緊邁爾斯讓他緊貼在我身上，護著不讓他看到那張臉孔。

邁爾斯邊喘邊問：「她在這裡？」他雖然看不見，可聽出了我話中的含意。聽到他說出「她」，我驚訝地倒抽了一口氣，也跟著說出這個字。

邁爾斯突然大發脾氣，吼道：「潔賽兒小姐，潔賽兒小姐！」

我愣住了，他以爲這次和芙蘿拉的遭遇相同。我想安慰他，告訴他情況並非無可挽救。「不是潔賽兒小姐！但那影像在窗口——直盯著我們看。那個怯懦的惡人不會再出現，這是最後一次了！」

聽我說完這話，邁爾斯像隻困惑的狗，聞到氣味卻只能對著光線和空氣猛搖頭。他怒不可遏，徒勞無功地四處搜尋，完全沒發現整間餐室瀰漫著一股毒藥般的氣息——那可憎、龐大的白色影像此刻進到餐室裡來了。

「是他嗎？」邁爾斯說。

我已經掌握了一切證據，於是冷靜地反問：「你所謂的『他』是指誰？」

「彼得・昆特——你這個惡魔！」孩子再次瘋狂地尋找，他的臉孔扭曲，焦急地哀求，「他在哪裡？」

他終於說出這個名字，回報了我的付出，這幾個字至今還存留在我耳中。

「他再也不重要了！他現在還能怎麼樣？親愛的，我在你身邊。」我轉向那惡魔嘶吼，「孩子已經永遠擺脫你了！」

接著，爲了證實我的說法，我對邁爾斯說：「沒事了，沒事了！」但邁爾斯開始抽搐，再次茫然地瞪視空無一物的空間，嘴裡發出動物掉落深淵般的呼喊。我自滿地看著他，一把抱住他，像是拯救了墜落的靈魂。沒錯，我接到也抱住他了，我無法壓抑心中的激動。

不久之後，我才意識到自己懷裡的孩子出了什麼事。在這個無聲的日子裡，只有我和孩子相依相偎，而他小小的心臟此刻已經停止跳動。

（全書完）

賞析推薦

《碧廬冤孽》的奇幻世界

中華民國英美文學學會理事長
交通大學外文系特聘教授
馮品佳

在文學史上，亨利・詹姆斯（Henry James）獲譽為十九世紀美國寫實主義大家之一，以小說刻畫人物的意識流動見長。事實上，詹姆斯的寫作生涯由十九世紀延伸至二十世紀，許多傳世巨作出版於二十世紀；而且他在一次世界大戰時期，因為不滿美國遲遲未肯加入戰局，憤而入籍英國，使得他做為「美國作家」的稱謂也模糊不清。可以確定的是，詹姆斯在近代英美文學史上具有不可撼動的地位，不僅引領心理寫實主義的發展，對於英美小說敘事策略的創新亦頗有貢獻。此外，詹姆斯的小說同以「難解讀」著稱，這應該是由於他採用了深入人物心理、卻又時時保持距離的寫作手法，使讀者對於他確切的想法總是捉摸不定，產生諸多詮釋上的差異。然而，「難讀」倒也造成了另一層次的閱讀樂趣，閱讀每一本詹姆斯的小說都是一種挑戰，俱是起伏跌宕的知性之旅。

他在一八九八年連載出版的中篇小說《碧廬冤孽》（*The Turn of the Screw*）照樣不例外。百餘年來，讀者反覆辯證的是小說是否有鬼？冤孽安在？這本小說成了最經典的奇幻小說（fantasy），擺盪在「眞正有鬼」與「魔由心生」的兩種可能之間。

基本上《碧廬冤孽》是一本相當「仿古」之書。小說的形式與內容都沿襲十八世紀盛行的志異小說（gothic fiction，亦稱哥德小說），在我們走進碧廬之前，首先遇到的是某個不知名的第一人稱敘事者，「我」在參加聖誕節晚宴時聽到了一則孩子遇到鬼的故事，說故事的道格拉斯欲言又止，吊盡聽眾胃口，最後提供大家一份四十年前的手稿，開始朗讀故事。小說的「序幕」提供了典型的志異小說框架故事（frame story），製造一個說故事的理由，引導讀者進入一個什麼都有可能、也什麼都可質疑的志異時空，展開閱讀的奇幻之旅。

然而，詹姆斯在《碧廬冤孽》僅僅提供了前半部的框架，小說結束時我們並未讀到這一群傾聽道格拉斯讀故事的聽眾們有何反應。對於講究小說藝術的詹姆斯而言，這樣「非典」的形式安排或許是因爲到了故事結尾，小說中聽眾的反應早已不重要，他們在還沒有聽到故事之前就已經萬分興奮，爲閱讀小說建立起高度期待的氛圍，故事結束時他們的反應其實功能性已然不大，重要的反而是讀完小說的讀者到底如何回應這個謎一樣的故事。

有趣的是，這個說故事與聽故事的框架也與詹姆斯的親身經驗有關。他曾經在某年冬天聽到有關小朋友被僕人惡靈纏身的傳聞，將聽到的故事改裝寫出這本中篇小說。小說自傳性的來源，增加了這個故事本身的傳奇性，也提醒我們口傳過程中可能發生的謬誤。畢竟，只有手稿裡做爲第一人稱敘事者的女家庭教師是當事人，其他的角色都只是道聽塗說之後，再各憑想像傳播這個故事。更何況，即使是女家庭教師之言，都只是她自說自道，可信與否尚未可定論。

詹姆斯透過這位女家庭教師記述整個故事，讓她做爲敘事意識的中心，卻從未替她命名，造成小說中兩個第一人稱敘事者皆爲無名氏的現象。這樣的安排或許是方便讀者與敘事者認同。另一方面，我們或許也可以將這位無名的女家庭教師，當成諸多維多利亞時代漂泊無依的家庭女教師的代表。她們出身中產階級，受過良好教育，因爲家庭經濟因素必須拋頭露面出外工作，寄人籬下，生活充滿了不安與危險。《簡愛》（*Jane Eyre*）裡受到已婚男主人青睞的女主角即是一個典型的女家庭教師，即使遇上浪漫愛情也是危機四伏，必須在愛情與道德之間做一抉擇。《碧廬冤孽》的女主角或許也嚮往簡愛那樣的浪漫愛情，但是卻在一開始就硬生生地被拒於千里之外，因爲値得她傾心的男主人提出的雇用條件就是永遠不可以打擾他。這樣的終極指令切斷了任何浪漫情節的可能，並且讓初入社會的女主角在毫無奧援的情況之下，一肩扛下教養兩個兒童的責任，其中一個更理由不明地遭學校退學。家庭與職場的雙重壓力，造成她莫大的心理壓力，因此也埋下魔由心生的可能，使得讀者有理由質疑她的故事是否眞確，甚至懷疑她的精神狀態是否失常。

當然，我們也可以完全信任女主角的敘事觀點，碧廬確實有鬼，男主人的貼身男僕昆特與前任女家庭教師潔賽兒死後化爲厲鬼，企圖污染小主人邁爾斯與芙蘿拉的靈魂，甚至將他們帶走。在這個惡靈入侵的鬼故事裡，女主角代表了光明，阻擋來自地獄的邪惡勢力，儘管最後驅魔失敗，犧牲了邁爾斯，但是他的靈魂得以保全，正義的力量最後終究得勝。這樣直接的閱讀可以呼應框架故事中聖誕節的宗教脈絡，亦可以單純享受鬼故事帶來的感官刺激與恐怖情緒，這也是這部小說在連載與出版之初大部分讀者的反應。

不論讀者選擇哪一種閱讀方式，在世紀交接之際出版的《碧廬冤孽》皆有其創新與傳承的意義。那也是《道林・格雷的畫像》（*The Picture of Dorian Gray*，一八九〇）與《德古拉》（*Dracula*，一八九七）問世的時空，歐美文學世界充滿各種奇幻的想像與文學書寫。在諸多文學創作之中，《碧廬冤孽》能夠成爲傳世之作，就在於詹姆斯充分利用了志異小說這種文類模稜兩可的特性，遊走於可合理解釋的自然現象與難以理解的超自然世界之間，同時提供深入的人物心理刻畫，讓我們不斷推測各種可能，浸淫於這個似眞似夢的奇幻世界，爲後世讀者帶來無窮的閱讀樂趣。

國家圖書館出版品預行編目資料

碧廬冤孽／亨利・詹姆斯著；蘇瑩文譯．—— 初版．
——臺中市：好讀，2015.11
面：　公分，——（典藏經典；82）
譯自：The Turn of the Screw

ISBN 978-986-178-356-7（平裝）

874.57　　104009363

好讀出版

典藏經典 82

碧廬冤孽

原　　著／亨利・詹姆斯（Henry James）
翻　　譯／蘇瑩文
總 編 輯／鄧茵茵
文字編輯／林碧瑩
內頁排版／王廷芬
發 行 所／好讀出版有限公司
臺中市 407 西屯區何厝里 19 鄰大有街 13 號
TEL:04-23157795　FAX:04-23144188
http://howdo.morningstar.com.tw
（如對本書編輯或內容有意見，請來電或上網告訴我們）
法律顧問／陳思成律師

戶名：知己圖書股份有限公司
劃撥專線：15060393
服務專線：04-23595819 轉 230
傳眞專線：04-23597123
E-mail：service@morningstar.com.tw
如需詳細出版書目、訂書，歡迎洽詢
晨星網路書店 http://www.morningstar.com.tw

印刷／上好印刷股份有限公司 TEL:04-23150280
初版／西元 2015 年 11 月 15 日
定價：220 元
如有破損或裝訂錯誤，請寄回臺中市 407 工業區 30 路 1 號更換（好讀倉儲部收）

Published by How Do Publishing Co., LTD.
2015 Printed in Taiwan
ISBN 978-986-178-356-7

讀者回函

只要寄回本回函，就能不定時收到晨星出版集團最新電子報及相關優惠活動訊息，並有機會參加抽獎，獲得贈書。因此有電子信箱的讀者，千萬別吝於寫上你的信箱地址

書名：碧廬冤孽

姓名：____________ **性別：**□男 □女　**生日：**____年____月____日

教育程度：____________________

職業：□學生 □教師 □一般職員 □企業主管

□家庭主婦 □自由業 □醫護 □軍警 □其他____________

電子郵件信箱（e-mail）：______________ **電話：**____________

聯絡地址：□□□ ________________________

你怎麼發現這本書的？

□書店 □網路書店（哪一個？）____________ □朋友推薦 □學校選書

□報章雜誌報導 □其他____________________

買這本書的原因是：____________________

□內容題材深得我心 □價格便宜 □封面與內頁設計很優 □其他________

你對這本書還有其他意見嗎？請通通告訴我們：

____

你買過幾本好讀的書？（不包括現在這一本）

□沒買過 □ 1 ～ 5 本 □ 6 ～ 10 本 □ 11 ～ 20 本 □太多了

你希望能如何得到更多好讀的出版訊息？

□常寄電子報 □網站常常更新 □常在報章雜誌上看到好讀新書消息

□我有更棒的想法____________________

最後請推薦五個閱讀同好的姓名與 E-mail，讓他們也能收到好讀的近期書訊：

1.____________________________

2.____________________________

3.____________________________

4.____________________________

5.____________________________

我們確實接收到你對好讀的心意了，再次感謝你抽空填寫這份回函

請有空時上網或來信與我們交換意見，好讀出版有限公司編輯部同仁感謝你！

好讀的部落格：http://howdo.morningstar.com.tw/

好讀的臉書粉絲團：http://www.facebook.com/howdobooks

請填妥後對折黏貼，直接投郵即可，無須貼郵票。

廣告回函
臺灣中區郵政管理局
登記證第 3877 號
免貼郵票

好讀出版有限公司　編輯部收

407 臺中市西屯區何厝里大有街 13 號

電話：04-23157795-6　傳真：04-23144188

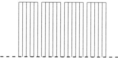

沿虛線對折

購買好讀出版書籍的方法：

一、先請你上晨星網路書店http://www.morningstar.com.tw檢索書目
　　或直接在網上購買

二、以郵政劃撥購書：帳號15060393 戶名：知己圖書股份有限公司
　　並在通信欄中註明你想買的書名與數量

三、大量訂購者可直接以客服專線洽詢，有專人爲您服務：
　　客服專線：04-23595819轉230 傳真：04-23597123

四、客服信箱：service@morningstar.com.tw